KB071172

여행길 따라 찾아온 시

여행길 따라 찾아온 시

초판 1쇄   2016년 12월 30일
지은이   용혜원
펴낸이   김영재
펴낸곳   책만드는집

주소   서울 마포구 양화로3길 99 4층 (04022)
전화   3142-1585·6
팩스   336-8908
전자우편   chaekjip@naver.com
출판등록   1994년 1월 13일 제10-927호
ⓒ 용혜원, 2016

* 이 책의 판권은 저작권자와 책만드는집에 있습니다. 이 책 내용의 전부
   또는 일부를 재사용하려면 양측의 동의를 받아야 합니다.
* 잘못 만들어진 책은 구입하신 서점에서 바꾸어드립니다.
* 책값은 뒤표지에 표시되어 있습니다.

ISBN   978-89-7944-589-3 (03810)

이 도서의 국립중앙도서관 출판사도서목록(CIP)은 e-CIP
홈페이지(http://seoji.nl.go.kr)에서 이용하실 수 있습니다.
(CIP제어번호 : CIP2016017280)

● 제 78 ┊ 79 ┊ 80 시집 ●

여행길 따라
찾아온 시

―――――

용혜원 여행시집

책만드는집

길은 여행을 만들고

여 행 은 길 을 만 든 다

이탈리아 여행

Italia

프랑스 여행

남미 여행

이탈리아 여행

여행이란 늘 기다려지는 재미나고 즐거운 일.
집을 떠나 만나는 곳은 모두 다 여행이다.
살아 있는 동안 수많은 사람들이
떠나고 싶을 때 시간을 만들어 떠난다.
여행은 즐거움과 기쁨과 쉼을 주고
생활에 활력소가 된다.

이번에는 로마 역사가 살아 있는 이탈리아를 여행지로 선택했다.
작가들의 여행기와 세계사에서 만나고
수많은 영화와 소설에서 만난
이탈리아가 무척 보고 싶었다.

결코 후회 없는 대만족을 주는 여행.
기쁨과 감동이 넘치는 미치도록 멋진 도시
로마에 와 있는 것만으로도 행복했다.
흘러간 세월이 남긴 많고 많은 유적들 속에서
아직도 살아 있는 로마 역사를 만났다.

기회가 주어진다면 많은 날 동안 여행을 하고
많은 박물관을 찾아 관람하며
로마 역사의 속살을 만나고 싶다.

사진

시선이 찾아내고
머무른 곳을
앵글을 통해
시간조차 멈추어놓고
그려놓은 그림

길 위에서 느끼는 행복

고독에서 벗어나
외로움을 떨치기 위해
가볼 곳이 너무나 많다

가벼운 마음으로 훌쩍 떠나면
유쾌하고 즐거운 시간들이
아이처럼 폴짝 뛰고 싶도록 좋았다

삶이란 여행은 엄마 뱃속에서
태어날 때부터 시작한다
눈이 보이기 시작할 때부터 새로운 것을 만나는
만감이 교차하는 신비함 속에 살아간다

여행하면 할수록 훈훈한 마음으로
새로운 것을 만나는 즐거움에 만족할 수 있다
한순간에 마음을 빼앗기고
가슴 찡하게 정겨운 마음이 생기고
아련한 그리움을 선물해준다

길에서 만나는 풀 한 포기조차
순수한 향기가 아름답고 싱그러워
또다시 새로운 길을 만나기를 원한다
길을 걷다가 코끝에 커피 향기가 느껴지면

노천카페에서 커피를 마시며 쉼을 찾는다

한 번 왔다가 가고 마는 삶
세월은 지나간 것을 되돌려주지 않고
다가올 것을 당겨주지 않지만
마음에 갇혀 있지 않고 하나씩 활짝 열어가며
탁 터진 마음으로 살고 싶다

여행이 깊어질수록 마음의 짐을 내려놓고
길 위에서 느끼는 행복을 찾는다
여행을 할수록 향수를 자극하는 기쁜 감정에
색깔을 입히고 무한한 자유를 누리면 즐겁다

이탈리아, 그곳에 가면

이탈리아를 떠올리면
위대한 역사의 도시 로마가 먼저 연상된다
길 따라 곳곳을 찾아다니면
한 시대 세계를 주름잡던 로마의 권력과
번성했던 황제의 우렁찬 목소리가 귓가에 쟁쟁하다

이탈리아는 사방을 둘러보면 모든 것이
명쾌한 유물이라 얼마나 거대하고 웅장한지
손을 뻗으면 잡힐 듯 가까이 있어
꿈속에도 찾아와 다시 보고 싶어
눈을 고정해보기도 했다

건축물들이 세월의 무게를 이겨내며
절실한 사연을 담고 있어
생각 속에서 쉽게 잊히지 않아
한 곳도 한순간도 놓치고 싶지 않았다

까마득한 옛 역사의 유산을 볼 수 있다니
너무 신기해 고풍스런 건물을 기웃거리고
눈앞에 펼쳐지는 생생한 감동 속에
멋진 기대를 하며 발길을 옮긴다

수백 곳의 박물관은 역사의 현장이고

위대한 걸작 속에
고귀한 예술의 숨결을 느낀다

아름다운 추억으로 남기기 위해
때로는 사뭇 진지하게 꽤 오래 걸으며
건축의 미를 정확하게 포착하여
아름다움과 웅대함과 섬세함을 살펴본다

심장이 뛸 만큼 아름답고 화려한 곳들은
엄청난 시간이 흘러가도 추억 속에서
기름칠을 한 듯 윤기 나게 흐른다

이탈리아가 기억 속에서 어찌 지워지겠는가
좀처럼 잊히지 않고 지워지지 않고
평생 놀라운 추억으로 남을 것이다

이탈리아 커피

이탈리아 여행은
아주 오래된 낭만이 깃든 카페에서
에스프레소 한 잔으로 시작한다

이탈리아를 멋지게 여행하려면
곳곳에 있는 카페에서
향 좋은 커피를 음미하며 즐겨라

하늘에 떠도는 구름 조각들이
참 외롭게 보이고 바람도 옷깃을 흔든다
여행을 하면 잊지 못할 아름다운 풍경과
인생의 맛을 동시에 선물로 받을 수 있다

생각보다 큰 컵으로 나오는
에스프레소 잔에 입술을 적시면
긴장도 피곤도 금방 풀릴 것이다

이탈리아만의 향기와 맛을 선물하는
에스프레소 한 잔에 그리움을 함께 마시면
노독도 손을 놓고 달아나고
그리움과 향수를 달랠 수 있어
잠시 멈추어서 푸른 하늘을 바라보았다

이탈리아 여행을 하면서
낯선 곳에 익숙해지기 위해
마음을 활짝 열었더니
조금씩 더 평화가 감돌아 행복함을 느끼며
가슴속에서 우러나오는 자유를 만끽한다

당신도 어느 날
이탈리아 노천카페에서 한 잔의 커피를 마시며
추억에 남을 사진을
멋지게 찍고 있을 것이다

로마로 여행을 떠나라 1

수천 년 유물의 도시 로마와의
만남을 즐기려고
기다리던 이탈리아를 찾아간다

누군가 기다리고 있는 것 같아
찾아가고 달려가고 싶다면
사랑에 푹 빠진 사람처럼
잔뜩 설레는 마음으로 떠나라

역사의 유물은 상상했던 것과
판이하게 다를 수도 있지만
사진이나 글은 한 부분만 전해준다

이탈리아를 여행하면 할수록
오랜 역사의 수많은 건축물을
한눈에 볼 수 있고
테베레 강가에서 바라보면 바티칸이 보이고
곳곳에서 예술의 위대함을
뜨겁게 가슴으로 호흡하며 느낄 수 있다

붉은 피 토하듯 태양도 노을 지며
로마의 유적들을 물들일 때
붉은 색깔만이 줄 수 있는 황홀함이 펼쳐진다

저녁노을에 빛나는 성당의 유리창에
하루 멋지게 살다가 아름답게 퇴장하는 해의
숨겨졌던 빛들이 살아나
금빛으로 활활 불타오른다

별이 쏟아지는 밤에는
불빛이 찬란하게 아름답고
태양이 찬란한 대낮에 도시 전체가
예술의 붉은 꽃처럼 피어나
아주 독특하고 특별하게 만들고
사람들의 발걸음을 끌어당기는
눈으로 보고 마음으로 느낄 것들이 참 많다

로마로 여행을 떠나라 2

로마는 몇 날 며칠을 돌아보아도
볼 곳 갈 곳이 많아 감동에 흠뻑 젖어들어
전성기 로마 정신을 호흡하고 있다

콜로세움, 전차 경기장, 허물어진 신전들,
개선문, 빅토리아 임마누엘 동상,
판테온 신전, 트레비 분수,
스페인 광장, 헤라클레스 신전,
산타마리아 인 코스메딘 성당 입구의 진실의 입
이 모든 것을 어떻게 건축했을까
놀라움 속에 이해하고 상상하기조차 어렵다

볼 곳이 많아 정신없이 돌아다니면 다닐수록
다리도 아프고 힘이 들지만
틀 안에서 맴돌며 살다가
새로운 것들을 보니 신비하고
참으로 놀라워 흥미가 돋는다

너무나 놀라운 유물들과 풍경이 만들어놓는
인상 깊은 것들의 아름다움에
때로는 바라보는 눈에
의문표를 던지고 싶을 정도다

로마의 위대한 인간 역사의 발자취와
권력의 허무함도 함께 느낀다
다리품을 팔면 더 좋은 구경을 할 수 있다
아주 천천히 한 걸음씩 걸어라

여행하는 동안 로마의 한 면만을
단순하게 보고 들어서 함부로 말할 수는 없다
로마는 한마디로 잘라 말하기 힘들다
참으로 놀라운 매력과 신비함에 매료되어
이미 사랑에 빠지고 말았다

로마에서는 길을 찾을 필요가 없다
도시의 매력을 찾아내는 즐거움이 가득하기에
어디든지 걸어가도 좋다
길에서 길을 만나는 로마 자체가 길이다

여행 가방

여행을 떠날 때
가방을 짐으로 만들지 말고
다정한 친구로 만들어라

인생이 짐인데 짐을 또 만들지 말고
걱정과 근심 덩어리는 던져버리고
꿈과 희망을 넣고 다녀야 한다

짐을 너무 많이 넣어
가방에 집중하지 말고
여행에 집중해야 편안하게 즐기고
쉼을 얻을 수 있다

여행을 짐으로 만들어
신발 끈이 자꾸 풀리게 만들지 말고
마음의 끈을 느긋하게 풀자

내가 만나 살아온 시간들이
아름다워질 때 추억은 만들어진다
여행을 기다려온 지가 얼마나 되었는가
역마살이 발동했다

시간을 낭비하지 말고 떠나라

빈 마음을 채워주는 여행을 떠나라
시간과 세월은 떠나고
다시 돌아오지 않는다

로마의 가로등

목 좋은 길목과
외로운 골목길 언덕 위에
혼자 보기 좋게 서 있는 가로등

밤새 어둠 속에 많이 외로웠을 거야
어쩔 수 없이 닥친 외로움에
으스스 떨며 몸서리쳤을 거야

외로움이 가득 모여들어
저토록 목이 길어지고
눈동자가 커진 걸 보면
정말 많이 외로웠을 거야

밤낮을 가리지 않고
기다리고 있는 걸 보면
영영 잊지 못하고 있는 거야

시선이 발에 꽂히는데
제자리를 떠나지 않고
늘 기다리고 있는 걸 보면
무척 사랑했을 거야

밤이 되면 그림자도 지쳐

어둠 속으로 사라지는데
다리는 얼마나 아플까
쭉 뻗고 싶고 얼마나 눕고 싶을까

가로등도
외롭게 홀로 서 있으면
정말 많이 외로울 거야

원형경기장 콜로세움 1

로마에서 만나는 유적지 중에
옛 유물의 상징으로 가장 크고 거대하며
모든 건축물 중에 로마를 대표하는 것이
바로 거대한 원형경기장 콜로세움이다

경기장의 원형 둘레가 527미터
높이가 57미터의 타원형 건물로
한눈에 보기에는 너무나 거대해
마음껏 상상의 날개를 펼쳐본다

마치 하늘을 향해 힘껏 발돋움하듯
웅장하고 대단한 건물로 긴 세월 동안
비바람이 몰아치고 태풍이 몰아쳐도
느긋함 속에 전설처럼 보존되어 있다

원래 있던 외벽은 시간의 흐름과
세월의 난간의 무게를 견디지 못해
힘없이 허물어졌다
견고하게 버틸 것 같아도
흘러가는 시간 속에 관절이 꺾이고 말았다

유적이 무너지고 파괴되어
많은 부분이 바람처럼 사라졌어도

아치와 아치 사이로 보이는 내부의 모습은
의미심장한 눈빛으로 바라보아도
독특한 운치를 보여준다

로마 황제들은 백성들의 마음을 사로잡기 위해
검투사의 경기를 열어
백성들의 해묵은 갈증을 풀어주려고 했다

가장 잔인한 싸움을 벌여놓고 탄성을 지르게 하고
인간 본능의 잔혹한 쾌감을 느끼며
황제의 권력을 피부로 느끼게 만들었다

얼마나 많은 검투사들이 삶과 죽음의 갈림길에서
고통과 절망 속에서 몸부림쳤을까
때로는 두려움 속에 비명을 질렀을 것이다
피는 피를 부르기에 얼마나 잔혹했을까
검투사의 머릿속을 꿰뚫는 눈빛이 싸늘하다

원형경기장 콜로세움 2

검투사의 치열하고 격렬한 싸움은
둘 중의 하나는 죽는 것
동물이든 사람이든 칼날이 내리치기 전
짧은 찰나의 순간 혼란의 절박한
소용돌이에 휘말려 몸서리친다

끝도 없이 길게 느껴지는 검은색 죽음의 순간
번뜩이는 눈빛으로 사방을 돌아보며
죽음을 몰고 오는 검투사의
바닥을 끄는 발자국 소리가 섬뜩하게 들린다

검투사의 깜박거리지 않는 냉혹한 눈
쓰러져 있는 자는 까맣게 겁에 질린 표정으로
애원하고 있다

움찔하는 몸부림 속에 죽음의 절망이
까맣게 몰려오는 것을 느끼며
간절하게 애원하는 고통스러운 눈길에는 공포가 몰려와
두 눈에 가득 차고 너무나 잔혹했다

검을 움켜쥔 손에서 강하게 내리치는 칼날과
쇠사슬에 붉은 피가 튀어 오르고
한순간 숨이 꺾이고 심장의 고통이 멈추고 마니

얼마나 잔인하고 처절한가

검투사들은 아무 희망도 없이
잔뜩 겁먹은 눈빛, 창백하게 일그러진 얼굴로
긴장이 역력한 모습으로 잔혹한 절망 속에서
처참하게 죽어갔다

왕과 시민들은 열망하고
불꽃이 튀는 날카로운 시선의 황제는
근엄하고 비열한 모습으로 죽이라는 손짓을 했다

죽는 자와 죽이는 자는
서로 심장에 얼마나 소름이 끼쳤을까
이 얼마나 잔인한 경기인가
아직도 밝혀지지 않은 진실이 허공을 떠돈다

원형경기장 콜로세움 3

검투사가 발로 목을 짓누르고 칼을 들자
군중은 급한 성미를 참지 못하고
날카롭고 교활하게 인상을 쓰며 거친 목소리로
건조한 고성을 질서 없이 마구 질러댔다
"죽여라! 죽여!"
음모와 계략이 한순간에 손을 잡는다

승리한 군중의 환호 소리를 들으며
두 손을 번쩍 추켜올렸지만
검투사의 눈에는 하늘이 잿빛으로 보이고
잠시 하늘에는 무거운 침묵이 흘렀다
이 얼마나 무모한 희생인가

두려움에 피범벅이 된 표정으로
단칼에 떨어져 나가는 머리와 몸체
죽는 자의 메마른 목구멍에서
피가 쿨럭쿨럭 쏟아져 내리고
지상에서의 마지막 비참한 비명이 메아리친다
용감하기보다는 무서운 검투사
인간이 저지르는 최고로 잔인하고 소름 끼치는 장면이다

전쟁을 원하는 황제들은 선정을 베풀기보다
피의 권력을 원하며

잔악하고 무모한 황제는 모두가 부러워하는
높은 자리에 우뚝 섰다

강한 자부심을 심장에 가졌지만
감정이 들쑥날쑥할 때마다 무의식적인 동기가
많은 사람의 솟구치는 분노 속에
처참하게 죽음을 피하지 못하고 쓰러져 나갔다

로마의 역사는 애정과 질투로 흔들렸고
폭군의 권위는 떨어지고
망각의 늪에 빠진 황제들은 쓰러지고
제국은 균형을 잃고 죗값을 톡톡히 치렀다

용서받지 못할 일을 저지른 콜로세움이
흐르는 시간 속에서 아직도 제 몸을
꼿꼿하게 세우는 것은
빛나는 시절이 그리워서 온 힘을 다하는 것일까

트레비 분수

트레비 분수에서 솟구치고
쏟아져 내리는 물줄기 속에서
로마의 전성기 기운이
다시 살아나는 걸 느낀다

허공을 향해 솟구치는 물을 바라보면
왠지 모를 시원함과 쾌감 속에
진동과 감동이 몰아쳐 온다

세계의 연인들이 찾아와
미소 띤 얼굴로 사랑을 속삭이고
장난치며 즐거워하며 환하게 웃는 모습이
익살스럽고 재미있다
로마의 트레비 분수는 유명세만큼
보기 좋고 멋지고 아름답다

진심을 담아 트레비 분수에
희망의 동전을 던지며
즐거움 속에 야릇한 전율을 맛본다

"동전 한 개를 던지면
로마에 다시 오게 되고
동전 두 개를 던지면

사랑하는 사람을 만나게 된다
동전 세 개를 던지면
사랑하는 사람과 헤어지고
새 사람을 만나게 된다"는 트레비 분수에서
동전을 던지며 행운의 기대감과
행복한 예감으로 가슴이 두근거렸다

로마에 언젠가 다시 오고 싶어서
동전 한 개를 힘껏 던지며
추억의 한 장면으로 멋지게 남겨놓는다

진실의 입

매우 의도된 조각 작품
조롱과 진실이 뒤섞인 진실의 입에
손을 넣어보려고
사람들이 길게 늘어진 줄을 섰다

기다리는 사람들의 표정이
마치 잘못을 저지르다가 들킨 사람들처럼
왠지 모를 불안감을 띤 얼굴 모습이 다양하다

혹시 내 손이 입에 꽉 물린다면
사람들이 어떻게 생각할까
마치 들킨 도둑의 심정처럼
줄이 다가올수록 왠지 짓궂게
가슴이 콩닥콩닥 뛰고 있었다

진실의 입에 손을 넣었는데
정말 입을 꼭 닫으면 어떻게 하나
은근히 걱정을 하며
웃고 싶지만 모두들 약간 겁나는 표정이다

진실하게 살면 살수록 행복할 텐데
진실을 외면하는 사람들이 많다
돈이 많으면 많을수록

지위가 높으면 높을수록
허세와 욕망이 더 가득해진다

진실한 오늘을 사는 사람들에게
이곳에 손만 넣지 말고
삶을 진정으로 진실하게 살라고 전하고 있다

밤이면 유령들이 나와
진실의 입에 손을 넣었다 빼기를 반복하며
깔깔대며 웃고 있을 것만 같아
한동안 짧은 웃음이 입가를 맴돌았다

전차 경기장 1

영화 〈벤허〉의 전차 경기 장면을 연상하게 하는
로마의 전차 경기장
전차 경주가 열리는 날이면
사람들의 환호가 하늘을 찔렀을 것이다

전차가 앞서고 뒤서며 달리고 서로 부딪치고
경주가 치열하면 할수록 가로막힐 것 없이
쫓고 쫓기는 숨 막히는 전차의 질주가 시작된다

전차가 장애물에 걸리고 부서지며
고통과 절망과 탄식이 시커먼 구름처럼 몰려오고
관중들의 환호성이 터져 나오고
괴성이 하늘을 찌를 듯 연이어 나오면
경주자는 숨 막히는 고통으로
참혹하게 얼굴이 일그러지고 찡그러졌을 것이다

세상에 이런 멋진 경기가 있을까
재미에 빠지고 신나서 즐기는 쾌감에 빠져들어
시간 가는 줄 몰랐으나
처절한 것을 바라며 열망하는
악의에 찬 눈들은 너무나 잔인해
볼 수 없을 정도로 처참할 때는
눈을 가리듯 하면서 손가락 사이로 보았다

전차 경주자들은 파리하게 남아 있는
목숨까지 걸고 어떤 악조건 속에서도
오직 결승점 목표를 향해
앞으로 앞으로 달려야만 했다

양심이 마비되고
순한 양심이 사라지고 나면
인간은 짐승보다 더 악랄하고 독하고 비열해
타인의 불행을 즐기고 바라보며 독하게 비웃는다

전차 경기장 2

전차가 부서지며 불꽃같이 마찰이 일어나고
넘어지고 피 흘리고 서로 공격하고 부딪칠 때마다
전차의 이음새들이 맥없이 깨져버렸다

창백하고 긴장하는 모습이 역력한데
전차는 쿵쾅하고 부딪치며
깨지는 파열음이 소음처럼 시끄러웠다

경주하다 심한 상처로 고통스러워 신음하며
너무 큰 충격에 몸서리치며 죽어갈수록
인상은 일그러지고 흐리멍덩한 눈빛조차 사라졌다

하늘도 눈빛도 잿빛으로 변하고
전차가 토막이 나고 부서질 때
경주자는 떨어져 나가 나뒹굴고 전차 바퀴에 깔려
온몸이 절단되어 처참하게 죽어갔다

잔혹하면 잔혹할수록 오싹 소름이 끼치고
불안이 슬픔과 절망을 몰고 와도
군중의 환호 소리는 더 커져만 가고
부서져 나가는 전차를 타고 달리는 두려움 속에
좌절감과 절망을 내뱉고
죽음이 코앞에 혀를 내밀며 닥쳐왔다

지나온 역사는 거짓말을 하지 않는다
번성하면 번성한 대로 멸망하면 멸망한 대로
믿을 수 없다는 표정으로
진실을 그대로 전해주고 있다

황제의 득의만면한 눈빛과 욕망 속에
애꿎은 사람들은 허망한 피를 흘리고
지나친 그들의 역사는 망하게 되어 있다

전차 경주장의 온전한 모습은 사라지고
그날의 경주와 함성은
모두 다 전설처럼 사라졌다

어디선가 바람이 불어오고 있다

로마의 개선문

전쟁의 승리자들은 자신의 업적과 권위를
잘 나타내기 위해 개선문을 세우고 싶어 한다
전쟁에서 승리한 업적을 자랑하고 뽐내고 싶어
사람들에게 잘 보이고 잘 모이는 곳에
거대한 개선문을 우뚝 세우기를 원한다

로마에는 콘스탄티누스 개선문, 티투스 개선문,
세베루스 개선문이 서로 아주 가까운 곳에 있다

로마의 콘스탄티누스 개선문은
로마의 황제 콘스탄티누스가
네 개로 갈라지고 쪼개져 분열되었던 나라를
다시 한 로마로 통일하여
뭉쳐서 하나가 된 전쟁의 승리를
기념하기 위하여 세워졌다

티투스 개선문 벽면에는 티투스 황제가
유대 전쟁에서 패한 나라로부터
마구잡이로 빼앗고 탈취한 전리품들과 함께
전쟁 포로로 유대인 10만 명을 붙잡아 오는 모습과
잡혀 온 사람들이 성전의 7촛대를 가지고
로마에 돌아오는 모습이
전쟁 승리를 기념하기 위하여 새겨져 있다

전쟁을 일으킨 흉포한 자들에게
포로가 된다는 것은 얼마나 비참한 일인가
개선문마다 자신의 승리를 마음껏 자랑하고
자축하는 것들로 가득하지만
패배자의 절망과 신음 소리도 가득하다

로마 콘스탄티누스 황제는
어느 날 꿈에서 예수의 십자가를 보고
다른 황제들과 싸워 마지막에 승리하여
로마를 다시 단 하나로 만든 기념으로
밀라노칙령으로 기독교를 공인한다

승리자는 만면에 웃음을 짓고
우울하게 만드는 농담을 했지만
끌려오는 포로들은 조국을 잃고
가족을 잃고 허망한 눈빛으로
실의에 빠져 힘없이 맥없이 끌려온다

승리자는 승리의 기쁨으로 개선문을 만들지만
끌려온 포로들의 절망스런 마음과
패배자의 고통은 가족 잃은 피울음으로 얼룩져
개선문 주위를 맴돈다

승리자의 교만은 하늘을 치솟고
피로 물든 심장은 요동친다
지나친 권력은 거친 분노를 일으켜
로마 역사는 뒤엉켜서 소용돌이를 몰아치다
한순간에 역사 속으로 무너지고 말았다

승리자의 눈빛

승리자의 눈빛을 보라
얼마나 행복한지
바라보는 사람도 심장이 뜨겁도록
감동을 선물한다

꿈과 희망을 갖고
자신의 일에 자부심을 갖고
뜨거운 열정을 마음껏 쏟아내어
자신의 목표를 이루어낸 사람들은
커다란 박수와 환호를 받아야 한다

자신의 일에 최선을 다하며
과거의 실수와 잘못을 던져버리고
능력을 발휘하며 용기 있게 도전하고
내일을 화창하게 만들어가는 사람들은
존경받아 마땅하다

패배자를 위로하고 격려하는
세월의 애환을 다 삭여내고 품고 있는
승리자의 얼굴을 보라
피땀 흘리는 얼굴에 지나온 세월의 시련과
고난을 잘 이겨낸 자부심이 가득하다

승리자의 얼굴에서 활짝 피어나는 행복한 웃음은
자신이 살아온 삶의 모습을 당당하게 보여주고
바라보는 이들에게도 용기와 희망을 준다

로마 판테온

판테온은 아우구스티누스 황제의
양아들 마르쿠스 아그리파에 의해
르네상스 형식으로 건축되었는데
유달리 눈길을 끈다

"모든 길은 로마로 통한다"라는 말처럼
로마의 모든 길은 잘 연결되어 있어
길을 잃어도 당황하거나
가슴 조이며 불안해할 필요가 없다
길은 길로 연결되어 있다

판테온은 올림포스 신들에게
제사를 지내기 위해 세워졌는데
차분한 분위가 깔려 있다
지붕을 금으로 만들었다는데
지금은 도난을 당했는지 사라졌다는 얘기에
왠지 입가에 쓴웃음이 돈다

신들의 터전에 신들은 없고
관광객들의 구경거리가 되었다
인간이 스스로 위안을 위해 만든 신
원래부터 없는 것
그럴듯하게 각색하고 만든

우스꽝스런 이야기일 뿐이다

판테온을 돌아보면
신전의 분위기는 많이 사라지고
성당이라는 느낌이 더 강하다

죽은 자는 말이 없이 판테온에는
라파엘로와 비토리오 에마누엘레 2세의
죽음이 안치되어 있다

이탈리아의 옛 건물들은
독특하고 풍성하고 화려하고 견고하게 지어져
멋이 깃들어 있고
로마의 유적들은
저마다 흘러간 시간들이 만들어놓은
독특한 빛깔로 참 아름답다

바티칸

이탈리아 로마 북부에 있는
바티칸은 위대한 신성의 아름다움 속에
영혼의 울림이 있는 장엄함이 깃들어 있어
간절한 기도와 소망이 가득해진다

기도와 영적인 흐름이 강해
수많은 사람들이 찾아오게 만들고
평화가 감돌아 진실함 속에
넓은 아량으로 열광하게 만드는 곳이다

지구에서 가장 작은 나라 바티칸
1929년 교황령으로 독립한
인구가 천 명도 안 되는 소국이지만
교황이 집무하는 곳으로
아주 작은 군더더기도 없이
건축물의 작은 소품도 깔끔하게 지어졌다

시스티나 성당에는 미켈란젤로가 5년 동안
열정과 고뇌를 쏟아 그린
〈천지창조〉와 〈최후의 심판〉이 기다리고 있다

위대한 화가의 그림을 보고 있으면
가슴 찡한 울림과 함께

강한 감동 속에 소중함을 느낀다

미켈란젤로가 만든
조각 작품 피에타(자비를 베푸소서!)
십자가에 달려 죽은 예수를 끌어안고
눈물에 젖어 비탄에 빠진
성모 마리아의 모정을 보고 있으면
예수 그리스도의 구원의 죽음에
감사의 기도를 드리게 된다

바티칸을 보고 온 사람은
자신의 삶을 되돌아보며 다시 한번
이 땅에서 진실한 삶을 살기를 원한다

바티칸은 아주 작은 부분에서
건물의 거대함까지 아주 세밀하게
건축의 미를 돋보이게 한다

바티칸을 거닐며 1

아쉬움을 남기고 떠나야 할
바티칸을 걸으며
이 시간만큼은 몸과 마음을 낮추어
주님께 나의 마음을
간절한 기도로 드리고 싶다

살아오며 생각의 틈에
죄가 고여들어 쌓여
순결함이 더럽혀지고
죄의식으로 가득한 마음을
성령의 은혜로 씻어내고 싶다

세월의 주름마다
이 핑계 저 핑계 이 변명 저 변명으로
회개 못 한 낡은 기억들이 달려들어 괴롭힐 때
통곡하기보다 지었던 모든 죄를 낱낱이 고백하고 싶다

눈을 들어 하늘을 향하여
기도와 한탄을 보내며
주님의 보혈로 용서를 받고 싶다

삶의 권태와 지루함을 못 견뎌
스스로 답답해하며 불평했던 나에게

소중한 생명과 삶의 시간을 허락하신
주님께 모든 걸 감사드리고 싶다

사사로운 감정을 버리고
계산적인 술책과 교활함을 던져버리고
의혹의 눈초리와 속물적인
의심의 감정을 버리고
주님께 기도를 드리며
구겨졌던 마음을 확 펼치고 살고 싶다

바티칸을 거닐며 2

지금 이 순간만큼은
주님께서 나의 간곡한 기도를 들어주시고
응답해주셨으면 좋겠다

사람들은 애정 없는 욕망 속에
행복과 불행, 갈등과 회복 속에 늘 부딪치며
마음이 조마조마해서
상처받고 후회하며 살아간다

자기가 저질러놓은 죄악을
잔뜩 쑤셔 넣었던 것을
후회하는 것이 아니라
어리석게 살아온 삶을
주님께 낱낱이 고하며 간절히 용서를 바라며
철저하게 회개하는 것이다

자기 스스로 버리거나
도저히 떼어낼 수 없는
죄악을 버리고 씻김 받고
새사람이 된다는 것은
바로 예수 그리스도의 용서의 힘이다

나의 목숨과 삶을 허락해주신 사랑하는 주님께

감사의 기도를 드릴 수 있음이
신비하고 감사해
어찌할 수 없는 감동으로 가슴이 벅차다

잠시 잠깐의 기도지만
머릿속에 부질없는 생각으로
잔뜩 끼었던 고민이 사라진다
기도하는 시간은 가장 가치 있는 시간이며
주님의 인도를 받는 행복한 시간이다

바티칸, 예수의 제자 베드로

바티칸은 예수의 제자 베드로가
목숨을 걸고 복음을 전하는 의지를 꺾지 않아
십자가에 거꾸로 매달려
거룩하게 순교를 당한 곳이다

순교처럼 처참하고 끔찍하고 처절한 고통으로
생가슴이 깨지고 부서지는 것도 없지만
순교 정신이 살아 있어 생명력 있게
전도되고 살아 움직이는 것이다

예수의 생명의 복음을 전한
예수의 제자 베드로의
순교의 피가 흘러내린 곳
순교자의 정신과 믿음이 도도히 흐르고 있다

바티칸은 예수의 제자 베드로가
예수 그리스도의 지상명령을
순복하며 복음을 전하던 곳이다

예수 그리스도가 십자가에 달리시던 날
예수를 세 번이나 부인하고
어리석은 마음을 통탄하며 피울음 토하던 베드로는
제자로서 가야 할 길을 간

가장 위대한 예수 그리스도의 수제자다

예수 그리스도의 생명의 말씀을 전하다가
복음에 적신 순교의 피가 뿌려져
오늘날까지 복음이 전 세계로 전해진다

바티칸은 말씀이 살아 움직이는
예수 그리스도의 복음의 행전이
지금까지 이루어지는 곳이다

바티칸 박물관

세계 제3대 박물관 중의 하나인
바티칸 박물관에서 성화 속으로
조용하고 차분한 마음으로 여행을 떠났다
바티칸 박물관에는 소장품도 많고
언제나 사람들로 붐빈다

박물관을 돌아보며 만난 수많은 성화와 성경
역사 속에서 위대한 인물들을 만나고
그림 속에서 예수 그리스도의 행복과
예수 그리스도의 시선을 만날 수 있다

예수 그리스도와 그의 모친을 그린 많은 그림들과
예수 그리스도의 행적과 제자들을 만나며
교감할 수 있는 곳이다

〈최후의 만찬〉이 그려진 그림도 있고
고대 이집트의 옛 유물과
갖가지 역사의 흔적을 만나면
살아 있는 역사가 불쑥 튀어나온다

그림 속에서 묻고 대답하며
성경 속으로 여행을 하다 보니
마음이 편안해지고 어느 사이에

박물관을 다 돌아보았다

바티칸 성화 속에는 죄 지은 자여 회개하고
예수 그리스도께로 돌아오라는
아주 강력한 경고의 회개의 메시지가 들어 있다

살아 있는 메시지는
어느 누구든지 거스를 수 없고
어느 누구에게도 멈출 수 없는
생명의 양식 살아 계신 하나님의 말씀이다

화가들의 상상력과 위대한 영감이
참으로 멋진 그림들을 만들어놓았다
화가들의 손길이 참으로 대단하고
그들의 예술 감각이 위대하다

성 베드로 광장

성 베드로 광장은 영적인 갈망이 있는 사람들이
찾아오기를 원하는
꿈에서 깬 듯 실감 나는 성스러운 곳이다

좌우 폭이 240미터인 바티칸의 베드로 광장은
30만 명의 사람들이 구름 군중으로 모일 수 있는 큰 광장으로
웅장함과 화려함이 매력적인 감동을 준다

마음의 기도를 하며 바티칸을 돌다 보면
오벨리스크를 중앙으로 140개의 성인상이
사람들을 내려다보고
이 시대를 지켜보고 바라보며
진실한 신앙생활과 참된 삶을 원하고 있다

예수 그리스도의 수제자 베드로의
뒤를 이어온 교황이
미사를 집전하고 강론을 하는 곳
교황을 만나고 싶어 하는
사람들이 찾아오는 곳이다

수많은 사람들이 이곳에서
내일의 삶을 위하여 기도하는데
나 스스로도 새로운 삶의

목적을 부여받은 느낌을 갖는다

인간의 역사가 존재하는 한
바티칸은 수많은 사람들이 찾아올 것이다
가톨릭의 역사가 이루어지고
영적인 움직임의 모체가 되는 곳 바티칸
떠나고 싶지 않아 주변을 머뭇거리다가
망설이는 아쉬운 발걸음을 옮겼다

스페인 광장

스페인 광장은 17세기에
교황청 스페인 대사가 있던 곳으로
세계에서 여행을 온 사람들이 합류하여
늘 붐비지만 오가는 재미가 쏠쏠하다

스페인 광장 입구에는 세비야 최고의 건축가
아니발 곤살레스의 동상이 있는데
전혀 당황하지 않고 꼼짝 않고
중절모를 들고 시선을 고정하고
어딘가 멀리 바라보고 있다
마치 사랑하는 사람을 만나고 싶어 하며
오래도록 기다리고 서 있는 모습이다

겨울밤 거리에는 군밤 파는 장수가 있으니
사랑하는 사람과 달콤하게 먹으며 걸으면
마음이 흡족해질 것이다

스페인 광장에서 멋진 포즈를 잡고 사진을 찍는다면
당신은 마치 오늘은
인기 스타가 된 듯한 기분을 느낄 것이다

스페인 광장 계단을 오르내리는 재미도 있고
콘도티 거리를 걸으며

상점을 구경하고 맛있는 것도 사 먹고
포폴로 광장에서 하늘을 바라보며 바라는 소망을
하늘로 올려 보내는 것도 좋다

어디서든지 광장을 걸으면
왠지 기분이 들뜨고 몸이 가벼워지고
한결 가뿐하게 걸음을 걸을 수 있다

사람들이 떠드는 소리를 따라 호기심을 발동시키고
발걸음을 옮겨보는 것도 좋을 것이다
사람들이 모이는 곳에는 언제나 볼 만한 것
먹을 만한 것이 있기 마련이다

태양이 지고 광장 깊숙이 어둠이 깔려도
광장을 걷다 보면 왠지 아주 기쁜 행운이
나에게 다가올 것 같아 기분이 아주 좋아진다
내 인생을 더 멋지게 사는 방법을 반드시 찾고 싶다

그리움의 끝은 어딘가

막연한 그리움은 참 멀고
보고픔이 겹겹이 층층으로 쌓여도 뾰족한 수가 없다

온 세상을 맑은 눈으로 바라보아도 볼 수가 없어
살다 보면 뒤돌아보고 싶을 때
솟아나는 생각을 잔뜩 구겨 넣었다

얼핏 들려오는 소문에
호젓이 숨어 잘살 줄 알았더니
외로움을 견디지 못해 깊은 한숨을 내쉬었다

때로는 사랑조차 얼마나 안타까운 것인가
만날 수 없다는 것이 얼마나 처절한 고통인가

듬성듬성 서 있는 기둥을 바라보고 있으면
살아 있으면 꼭 만날 줄 알았는데
아주 잠깐 얼굴이라도 보고 싶어
눈앞에 어른거려도 용케 잘 견디고 있다

세월은 흘러만 가는데
영영 만날 수 없다면
소스라치도록 몸이 떨려 회의가 몰려오지만
사랑은 어디에서나 길을 만들고
꿈을 이루어지게 하는 행복 자체다

로마의 밤

구름 속에 별빛이 깃드는 시간
밤이 지나고
달의 고요한 명상이 끝나고
새벽이 찾아온다

태양이 떠올라 아침이 오면
산 그림자들이 한산하여
그늘 속으로 파고든다

온 세상이 밝아오면
달은 어둠 속에
너무 오래 끼어들 수가 없어
어느새 달아난다

햇빛은 질서를 만들고
어둠은 무질서를 만들고 있지만
새로운 세상의 신비로운 빛을 느끼며 산다

로마는 오랜 세월의 흐름 속에
위대한 역사를 남기고
사라진 것이 아니라
오늘도 살아 있어 역사의 교과서가 되고
교훈이 되어 사람들의 가슴에 남는다

이탈리아 피자

뜨거울 때 먹는 맛이 제맛인
이탈리아 피자는 나폴리에서 시작되어
그 맛이 소문의 꼬리를 물고 달아나
이탈리아 전국으로 퍼져나갔다

하얀 밀가루 맛이 좋아서인가
이탈리아 피자는 맛이 참 좋다
씹히는 식감과 입안에서 느끼는 맛과
먹고 난 후의 뒷맛이 깔끔했다

얇은 도우에 양파와 올리브를 듬뿍 올린
버섯 피자, 매콤한 살라미 피자
보기도 좋고 먹으면 더욱더 맛이 좋다

피자의 맛은 머릿속에서 그려도 맛있지만
입안에 넣고 씹으며 먹으면
입안 가득히 맛있는 맛이 한동안 떠나지 않는다

맛이 한층 더한 맛깔난 이탈리아 피자가
여행자의 식욕을 채워주니
한결 기분이 좋아
포복절도할 유머 하나 동행하는 이들에게
살짝 던져 웃겨주고 싶었다

밀라노 힐튼 호텔에서 마시는 커피

서울에서 밀라노로 와서
빛은 사라지고 혹독한 어둠이 내리는 시간
단잠으로 노독을 씻고 난 아침에
창문을 여니 보이는 알프스 산
하얀 눈을 멀찍이서 지켜보았다

창가에 비치는 햇살이 정겨워
밀라노 힐튼 호텔 레스토랑에 앉아
에스프레소 커피를 마신다
여행은 떠나고 찾아나서야 여행이다

중세의 역사를 만날 수 있는 이탈리아는
한순간 아름답다가 우스꽝스러웠다가
극적인 아름다움이 있다고 말한다

여행 중에 만나는 모든 것을
반갑게 맞아들이면
여행을 할수록 즐거움의 높이가 더해진다

한 잔의 커피를 입안에서 음미하며
천천히 목구멍으로 넘기며
갈증 난 목을 축인다

일상을 떠나 쉼표를 만들어주는 여행은
마음을 홀가분하게 해주기 때문에
참 신기하고 편해 혼자 히쭉 웃고 말았다

두오모 성당

이탈리아 밀라노 한복판에
하늘 허공을 꽉 채우고
하늘에 닿을 듯 높이를 자랑하며
한없는 인간의 욕망을 말해주듯
두오모 성당이 화려하고 거대하게 우뚝 서 있다

롬바르디아 고딕 건축물로
서기 1400년 무렵에 기초를 다지기 시작하여
서기 1900년 시기에 완전하게 세웠다
135개의 뾰족탑을 세우고
성당 벽면에는 2,245개의 조각상이 있는
세밀하고 정확하게 표현된 최고의 걸작이다

600년 동안 한결같이 제자리를 지키며
사랑받아온 성당은 예배의 처소에
응답의 기도의 자리로
롬바르디아인의 장인의 숨결이
가슴에 느껴지는 미묘한 느낌이 있다

햇살이 불타는 저녁 햇살에
두오모 성당은 금빛으로 물들고
하루 동안에도 시간의 흐름에 따라
색깔이 다르게 자신을 표현한다

두오모 성당의 지붕은 붉은 돔으로
마치 거대한 꽃이 막 피어나고 있는 듯하다

성당의 아름다움은
위대한 건물의 가치만큼이나
하늘을 향한 신앙심의
존귀하고 위대함이 살아 있어 기대감을 더해준다

엄숙하고 장엄한 성당의 종소리가
울려 퍼질 때면 숙연한 마음으로
잠시나마 자신을 돌아보며 기도를 드린다

두오모 광장

두오모 광장 왼편에 쇼핑몰이 있다
1877년에 완공된 세계 최초의 쇼핑몰인
빅토리오 엠마누엘 2세 갈레리아는
돌아보고 나서도 되돌아보고 싶어지는 곳
사람들의 눈빛이 거리에 떨어져 있다

세계에서 찾아온 수많은 사람들이
최고의 명품 숍을 오가며
눈길을 돌리며 발길을 옮긴다

살펴보고 둘러보는 것만도 즐거워
이곳저곳을 돌아보며
쇼핑센터를 걷다 보면
사람들이 모여드는 곳이 있다

갈레리아 길거리 바닥의 황소 모양에
사람들이 발뒤꿈치를 대고 한 바퀴를 돌며
자신에게 행운이 찾아오기를 기원한다

누구나 행운을 원하기에
행운을 가져다준다는 황소 모양에
발길을 멈추고 돌기를 원한다

두오모 광장을 걷다가 생각에 몰두한다
왠지 모르게 갑자기 로마 시대 사람들이 몰려나와
환영하듯 춤을 출 것만 같았다

나는 한 바퀴를 더 돌았다
나에게 늘 행운이 찾아오기를 원했더니
왠지 모를 기분 좋은 느낌이 몰려오고 있다

스포르체스코 성

스포르체스코 성은
밀라노 최초의 성이라고 한다

밀라노의 대공인 프란체스코 스포르차가家가
14세기에 스포르체스코 성을 다시 건축하고
이곳에 살면서 성의 이름이 생겨났다

비스콘티 가문은 스포르체스코 성을 중심으로
요새로 삼아 백성들에게 아주 가혹한 정치를 일삼아
왠지 오싹하고 이상한 기분이 들었다

1900년 이후에는 이 성에
밀라노의 갖가지 예술품을 보관하면서
성이 다시 옛 모습을 찾았다

스포르체스코 성에는 옛날 옛적 선사시대,
고대시대, 중세 때의 아주 소중한
유물들이 있는 것이다
이곳에는 조각가 미켈란젤로의 수많은
미완성 조각 작품이 보관되어 있기도 하다

스포르체스코 성을 걸으면서
독특한 비스콘티 가문의 문양과 조각들을 관람할 수 있어

무엇이든지 더 보고 싶다는 생각에 주변을 둘러보았다
햇빛이 안 드는 곳은 어디든지 어둡고 칙칙하다
성 좌우 끄트머리에는
탑이 경계를 이루고 있는 아주 견고한 성이다

한 가문의 권력과 힘은
도리어 민중에게는 아주 가혹한 고통으로
가슴을 쓸어내리는 증오에 물들게 하고
새파랗게 질려 슬픔에 잠기는 시대의 아픔을 만들었다

세상을 흔들어버릴 것 같았던
역사의 거센 파도가 세월을 아득하게 휩쓸어 갔다
성은 말이 없지만 숨겨둔 아픔은
소리 소문도 없이 입에서 입으로 전해지고 있다

이탈리아 카푸치노

커피의 시작은 인생의 시작이다
그래서 이른 아침 한 잔의 커피는
상쾌하고 기분이 좋아진다

커피를 마시기 좋은 이탈리아에서
마시는 한 잔의 카푸치노
커피잔에 우유 거품을 풍성하게 올려
한층 더 맛을 낸
커피 애호가들이 좋아하는 커피다

온몸에 열정이 끓고 있는
피의 온도만큼 느껴지는
뜨거운 커피를 마시며 뜨겁게 살고 싶다

카푸치노를 만들 때
커피에 우유와 거품을
바로 붓는 방법이 있고
나누어 붓는 방법 두 가지가 있다

우유를 바로 부으면
많은 양이 쏟아져
커피의 맛을 잃을 수가 있다
커피에 우유를 나누어서 부을 때는

우유를 먼저 붓고
작은 스푼으로 거품을 잔 위에 담으면 좋다

자기가 원하는 커피를 마시며
떠나고 머물고 떠나는 여행은
즐거움이 배가 된다

이탈리아에서 카푸치노를 마시면
이탈리아만의 카푸치노 맛이 있어
마시면 마실수록 좋다

여행 속에서의 커피는
낭만과 멋과 행복과 행운을 가져다주는
멋진 동행자이고 가장 다정한 친구다

가르다 호수

이탈리아 북부 밀라노에서
베로나로 가는 길에 가르다 호수가 있다

전설적인 소프라노 가수
마리아 칼라스의 별장이 있는데
호수 크기가 370제곱킬로미터이다

고대로부터 빙하가 계곡을 흘러내리며
깊은 균열을 만들어 사르카 강물이
자연스럽게 흘러들어 마치 바다 같은
거대하고 아름다운 호수가 만들어졌다

아침 햇살이 빛나고
아침 공기가 정적을 뚫을 때
가벼운 복장으로 호수를 산책하면
한결 마음이 정화되는 것을 느낄 수 있다

가르다 호수는 괴테, 바이런, 로렌스,
입센, 릴케, 앙드레 지드 등
수많은 작가와 예술가들이 찾아와 머물며
예술의 영감을 받았던 곳이며
그 모든 예술가들이 칭송과 찬사를
아끼지 않았던 곳이다

잠시 스쳐 지나가도
너무나 좋아서 마음속을
쿡쿡 찔러 확인해보았다

이탈리아는 어느 곳이나 볼 것이 많아
잠시도 발걸음을 멈출 수 없어
걸어도 걸어도 즐거웠다

가르다 호수는 수많은 사람들이 머물다 떠나며
삶이란 무엇인가 스스로 묻고 답하며
여행을 즐기는 곳이다

호수를 떠나며
왠지 보고 싶은 사람이 멀어지는 것만 같아
끝까지 마음속은 까치발로 서서 미련을 남겨놓았다

소중한 시간

착각하지 마시기 바랍니다
우리는 영원을 사는 것이 아닌
한순간을 사는 것입니다

언제나 진실하게
뜨거운 마음으로 살아야 합니다

다시는 사랑할 시간이
오지 않을지도 모릅니다

이 시간을 기억하고
추억할 수 있도록
마음껏 추억할 수 있도록
최선을 다해 살아야 합니다

삶에 주어진 시간을
쓸데없이 낭비하지 말고
가장 소중하게 사용해야 합니다

밀라노

밀라노 도시의 명물인
트램이 레일 위를 달리는데
대낮의 햇살이 강렬하고 익살맞게
거리에 뒹굴고 있어 무더웠다

구도시를 돌아보는 길에
세계 3대 오페라극장
라 스칼라 극장을 보았다

두오모 성당을 보고
명품이 가득한 빅토리아 임마누엘 2세 거리에서
눈요기를 즐기는 것도 좋다

사람들은 명품을 소유하고 싶어 하지만
자기 자신이 특별한 존재이며
명품이라는 걸 잘 모르는 사람이 많다

여행을 하며 마음이 즐거워지면
절망의 껍질도 슬슬 벗겨져 나간다

밀라노 구시가지는 돌로 만든 건물들이
오랜 세월이 지나도 굳건히 서 있는 모습이
매우 인상적이라 골목길을 맴돌아도 즐거웠다

이슬

작은 이슬
한 방울이야말로
아주 작지만
가장 놀라운 생명력을
온 세상에 선물하는
놀라운 생명의 물이다

시르미오네

시르미오네는 날씨가 아주 좋은 계절에는
유럽의 각 나라에서 수많은 사람들이
마음의 힐링을 위해
찾아오고 쉬어 가기에 참 좋은 곳이다

세상의 온갖 걱정과 근심과 시름을
훌훌 다 털어버리면
마음이 홀가분해지는 편안한 곳이다

큰 마을이나 도시라기보다는
작은 성벽 마을이다

시르미오네 작은 광장에는
로마 시대의 서정시인 카툴루스의 흉상이
아무런 표정 없이 서 있는 듯하지만
오늘도 그의 시를 말하고 있다

성안은 식당과 기념품을 파는 곳
호텔들이 줄지어 있는 곳이다

작은 요새 같은 성벽 안에서는
옛 시절 번성했던 로마의 흔적과
중세시대의 성의 모습과

옛 귀족들이 살던 집들을 볼 수 있다

갑자기 하늘이 까매지고 먹구름이
지쳐 참았던 울음을
장대비로 한바탕 쏟아놓더니 달아나 버렸다

크지도 작지도 않은
마리아 칼라스 공원을 걸으며
나무들과 잠시 동안이라도
이야기를 나누어보는 것도
여행의 즐거움이다

이탈리아 사람들

이탈리아 사람들은
남자들은 영화배우처럼 잘생겼고
여자들은 모델 같은 느낌이 든다

거리에서 이탈리아 사람을 만나면
이목구비, 인상, 키 모든 것이
정말 멋지게 생겼다는 말이 자주 나온다

지난번에 외국 영화에서 본
그 남자 그 여자가
내 눈앞에 서 있는 것 같다

키가 크고 코도 아주 잘생기고
약간은 긴 듯한 얼굴의
남자들의 옷차림새도 파스텔 톤으로
가죽점퍼가 잘 어울리는 사람들이 많다

위대한 역사가 있는 나라에서
아름답게 살아가는 이탈리아 사람들
왠지 더 낭만과 여유를 즐기며 살아가는 모습이다

피자와 포도주, 올리브와 스테이크를
즐겨 먹는 사람들

그들의 삶 속에 커피도 빼놓을 수가 없다

전 세계인들이 중세로 로마로
역사 여행, 시간 여행을 떠나고 싶을 때
찾는 나라 이탈리아에서
잘생긴 남자와 멋진 여성을 만날 수 있는 것도
이름다운 여행의 일부였다

코르티나담페초

코르티나담페초는 도시에서 떨어져
산을 굽이굽이 돌아가고 돌아가
언덕길이 가파르게 느껴지는
높은 곳에 자리 잡은 마을이다

아주 먼 듯 느껴지던 알프스 산들이
정상에 가까이 다가오면
산 깊숙한 곳에 있는 마을에
병풍을 친 듯 설산이 둘러서 키 재기 한다

산에서 부는 바람이 차고 추워
오들오들 몸이 떨렸다
낯선 곳은 왠지 코끝에 느끼는
공기조차 싸늘해 춥지만
산뜻하고 아름답고 감동적이다

우뚝우뚝 하늘 높은 줄 모르고
솟아오르는 산봉우리들이 언젠가는
구름에 맞닿을 듯 장엄하면서도 아름답다

눈 쌓인 산들이 너무나 인상적이라
시 한 편 적어서 마음속에 넣어두고
오래도록 간직하며

추억으로 남겨두고 싶다

산들이 만들어놓은 절벽과
골짜기들의 조화 속에
스키 타는 사람들의 모습이
마치 곡예사들의 묘기처럼 멋있다

설산을 바라보는 기쁨에
어느 사이에 마음속에도 하얗게 눈이 내려
흥분 속에서도 진지한 마음으로
아름다운 산들을 바라보았다

가슴에 커피 향기가 다가와
커피 한 잔으로 푸른 하늘 아래
한없이 펼쳐지는 햇살을 받으며
삶의 행복함을 느껴본다

베네치아에 가보셨나요

베네치아는
인간이 만든 수상 도시로
116개의 섬과 115개의 운하와
409개의 다리가 연결되어
아름다움의 극치라 여겨지는
기쁨과 감탄이 교차하는 곳이다

산마르코 선착장에서 찾아가는
물의 도시 베네치아
쾌청한 하늘 아래
마치 화려한 중세로 온 듯
유혹의 눈길로 바라보는 모습이
신비롭고 치명적인 아름다움을 선물해준다

참으로 놀라운 일
사람들이 어떻게 바다 위에 나무를 세워
섬으로 만들 수 있을까
마음의 통로를 오가며 감탄할 일이다

세상에서 가장 아름다운 응접실이라 불리며
극찬을 받는 산마르코 성당과
두칼레 궁전, 탄식의 다리
곳곳에 볼거리가 많다

베네치아의 갖가지 이야기와 사연들이 전해지는
이 골목 저 골목을 돌아다니는 것은
여행의 재미가 솔솔 나게 해준다

고풍스런 중세 도시 베네치아를
수상 버스를 타고 돌아보니
눈의 초점이 점점 더 또렷해졌다
베네치아의 모든 집과 숨겨진 곳까지
남김없이 보고 싶다는 충동이 가슴에 일어난다

여행을 떠나면 특별히 가고 싶은 곳
베네치아에 각별한 애정이 생겨
이런 곳이 있다니 너무 놀라워
오래도록 가슴속을 맴돌고 있다

베네치아 플로리안 카페에서

1720년에 산마르코 광장에
플로리안 카페가 문을 활짝 열었다
유명세가 대단한 카페에 앉아
베네치아 광장과
아름다운 산마르코 성당을 바라본다

몹시 지친 노독을 잠시 풀기 위해
털썩 주저앉아 에스프레소를 주문하며
다시 한번 마음을 닦아본다

베네치아에서 가장 유서 깊은 이 카페는
카사노바, 괴테, 루소, 나폴레옹,
스탕달, 바그너, 니체 등
수많은 예술가와 작가들이 드나들며
인생을 노래하고 삶을 이야기하며
사려 깊고 부드러운 눈빛으로
작품을 구상했을 것이다

오늘은 내가 앉아
그들처럼 에스프레소를 마시며
여행에서 누릴 수 있는 행복을 누린다

카사노바는 감옥에 있다가 탈옥한 후에도

커피를 마시고 갔다니 참으로 대단한 일이다

베네치아에 오면
커피 맛이 좋은 플로리안 카페에서
한 잔의 여유를 갖는 것도 좋겠다

여행이란 이런 맛과 낭만이 있어
떠나고 찾아와 즐기는 것이다
흘러온 세월 탓인지
커피가 맛깔나게 온몸을 적시고 흐른다

베네치아 골목길

지도 한 장 들고 하루 종일
발길 따라 정처 없이
베네치아의 미로에 빠진 느낌을 주는
골목길을 걸어 다녀보라

아름다운 곳도 있지만
으슥한 곳에서는 지금 당장이라도
유령이 나올 듯 으스스한 기분이 드는
막다른 골목길도 만날 수 있다

베네치아에는 마음만 먹으면
어디든 숨어들 골목길이 많다
아무도 모르게 꼭꼭 숨고 싶다면
한번 찾아오는 것도 좋다

카페에서 카푸치노 한 잔을 마시고
골목길을 돌다 보면
떠나기 싫을 정도로
행복한 눈요기를 할 수 있다

베네치아의 짧은 만남이 아쉬웠지만
깊은 애정을 느끼며
다시 찾아오고 싶은 충동이 가득해

입가에 행복한 미소가 번졌다

베네치아의 밤은
지상에서 가장 아름다운
사랑이 꽃필 것만 같았다

산마르코 광장

베네치아로 들어오면 갑자기
새로운 신세계에 초대된 듯한
야릇한 쾌감이 느껴져 한층 기분이 좋아진다

이곳이 정말 물 위에 세워졌을까
저렇게 거대한 건물이
어떻게 세워질 수 있을까
오랜 세월을 어떻게 견디어왔을까
의구심이 한두 가지가 아니다

베네치아에서 가장 넓은 곳
축제가 벌어지고 사랑의 약속과 함께
만남이 이루어지는 곳이 산마르코 광장이다

홀로 외로운 젊은 사람도
황혼의 나이 든 사람도
사랑을 원하는 사람이면 누구나
산마르코 광장에서 우연히 만날
운명적인 사랑을 기다려보는 것도 좋을 듯싶다

산마르코 종탑에서 내려다보는 베네치아
선창에 수많은 곤돌라가 눈에 보이고
푸른 바다와 함께 붉은 건물들이

오밀조밀 아름다워 참으로 인상 깊다

눈앞에 펼쳐지는 황홀한 베네치아
노을이 찬란히 지는 시간에는
붉은 빛의 아름다움이 극에 달한다

종탑에서 내려다보는
산마르코 광장은 참으로 멋지다
베네치아에 오기를 참 잘했다

두칼레 궁전

저녁노을이 붉게 물들어 가는 시간
산마르코 광장의 두칼레 궁전이
황금 빛깔로 바뀌고 있다

이 아름다운 궁전에서는
어떤 일이 벌어졌을까

이 궁전에서 살던 사람들은
무슨 생각을 하며 살았을까

어떤 식사를 했을까
어떤 사랑을 나누었을까
꿈은 무엇이었을까
일상생활은 어떠했을까
어떤 파티가 열렸을까
갖가지 의문부호가 떠오른다

베네치아의 아름다움을 표현하기에는
맑고 투명한 언어가 부족하다

베네치아 사람들은 아주 독특하게
물 위에 집을 짓고 살다가
물 위에 잠든다

베네치아는 마치 물과 같이
세월 따라 흘러가는 삶이다

베네치아를 다니며 때때로
낯선 사람들이 눈이 마주칠 때 건네주는
잠시 잠깐의 소박한 미소에
따스한 이방인의 행복을 느낀다

베네치아를 떠나기 전에
그리움 몇 조각 남겨놓고 싶다

오늘 이 하루

오늘 이 하루
이 지상에서 행복하게 살고 있음이
얼마나 좋은 일입니까

오늘 이 하루
나에게 할 일이 있다는 것이
너무나 행복합니다

살며 살며
먹먹한 그리움에 슬픔을 거치지
않은 세월이 어디 있습니까
살며 살며
절망의 순간 고통에 아프지
않았던 사람이 어디 있습니까

내가 사랑하는 사람과
이렇게 함께할 수 있음이
축복이며 행복입니다

오늘 이 하루
나에게는 참 좋은 날입니다
나는 이 순간을 즐겁고
신나게 재미있게 살고 싶습니다

베니스 곤돌라 투어

곤돌라는 흔들린다는 뜻으로
고대 이탈리아의 배 모양으로 만들어졌다
엄선되어 뽑혀 온 뱃사공은
노를 아주 부드럽게 잘 젓고
흥이 나면 노래도 잘 부르고
아주 잘생긴 미남이 많다

햇살이 빛나면 빛날수록
더 아름답게 빛나는 베네치아 바다
운하를 돌면 마치 중세로 돌아간 듯한
환상에 빠지게 된다

곤돌라 뱃사공은 3미터의 노를
두 팔로 잡고 부드럽고 예민하게
물결을 밀어낸다
노를 저을 때마다 허기졌던
그리움이 채워진다

베네치아라는 놀라운
물 위의 거대한 무대를 바라보며
감동의 도가니에 온통 마음이 사로잡혔다

베네치아에 푹 빠져버린 호기심이

큰 만족을 선물했다
베네치아는 상상했던 것보다
최면에 걸린 듯 대단히 아름답다

바다는 찬란한 햇빛에 반사되어
조각조각 반짝거리며 빛나고
은은한 베네치아의 건물들은
한낮에는 붉은 빛깔이 살아나고
야경은 운치 넘치게 멋있다

갖가지 건물들을 세운 건축가들의 재능이
유감없이 멋지게 발휘되어
살아 있는 건물이 되었다

뱃사공의 노를 젓는 단조로운 모습도
베네치아에서는 하나의 멋으로 보인다

리알토 다리

베네치아를 찾으려면 선착장에 내려
리알토 다리를 건너야 한다

1591년에 폭 22미터 길이 48미터로 지어진
물의 도시 베네치아를 대표하는
가장 오래된 다리다

원래 목조 다리였는데
지금은 대리석으로 바뀌었다
다리 동쪽에는 산바르톨로메오 광장이 있다

리알토 다리는
베네치아에서 태어난 안토니오 다 폰테가
대리석으로 웅장한 아치 형태와
단순한 구조로 만든 것이다

완성된 다리에 건축가의 아내가
제일 먼저 걸어 올라갔는데
악마의 저주로 아내의 뱃속 아기가 죽었다
그래서인지 탄식의 다리로도 불리고 있다

리알토 다리는 다리 밑이 아치형으로
수많은 배들이 수시로 왕래하고 있다

이 다리가 생긴 이후로 얼마나 많은 부와 상품이
오고 갔는지 상상 이상일 것이다

리알토 다리에서는 수많은 사람들이
베네치아를 바라보며
꿈인 듯 생시인 듯 착각에 빠진다

내가 리알토 다리에서 바라보는 베네치아도
마치 그림 속에 들어간 듯한 착각으로
놓치기 싫은 환상을 일으킨다

미켈란젤로 언덕에서

햇살이 따뜻하게 감싸는 한낮에
다비드상이 우뚝 서 있는
미켈란젤로 언덕에서
르네상스 시대의 예술의 불꽃을 태운
꽃의 도시 피렌체를 아득히
넋 잃고 바라본다

산맥을 아우르고 있는 산들 사이에
분지를 이루고 있는 곳에
중세 건물들이 제각각의 모양으로
역사의 흔적을 보여주고 있다

피렌체에는 아르노 강이 흐르고
도시 중간중간에 다리가 놓였는데
유럽풍의 파스텔 톤 색감과 자연이
조화를 잘 이루고 있다

여행객이 잠깐 만나고 떠나야 하는 피렌체는
나의 마음에 영원히 남아 있을
추억의 한 장면이 되어
내가 살아 있는 동안 사진첩에도
아주 곱게 남아 있을 것이다

한동안 피렌체에서 눈을 떼지 못했다
꽃의 성모 마리아 성당 붉은 지붕의 집들이
세월을 마다한 아름다움을 뽐낸다

어디선가 단테의 「신곡」이 들리는 듯한데
르네상스의 도시 피렌체는
너무나 아름다워 가슴에 담아둘 수도 없다

피렌체를 바라보다가 떠나기가 아쉬워
진한 에스프레소 한 잔을 마셨다

예술의 도시 피렌체

이탈리아 예술의 도시 피렌체는
기원전 59년 로마 시대에 아르노 강변의
베키오 다리 부근에 아름답게 세워져
이름만 들어도 설레고 아름답다

전 세계 인류의 문화유산으로
인간이 만든 예술 작품이 많아
12세기부터 15세기까지
예술의 황금시대를 만들어놓았다

피렌체는 시인의 도시, 조각가의 도시,
화가의 도시, 모든 예술가의
살아 있는 생명과 영감의 도시다

위대한 시인 단테, 화가 치마부에,
브루넬레스코, 도나텔로, 보티첼리를 만날 수 있고
명성이 자자한 화가 조각가인 미켈란젤로의
걸작을 만날 수 있는 곳이다

피렌체의 대단한 부와 권력의 가문
메디치가家는 18세기까지
예술가들에게 힘이 되어주었다

피렌체를 산책하며
위대한 예술가들의 작품을 바라보면
그들의 눈빛과 심장 떨림과
살아 있는 생명의 소리와
영혼의 움직임을 느낄 수 있다
위대한 작품은 생명력이 있고
사람들의 마음을 움직이는 놀라운 힘이 살아 있다

피렌체 시뇨리아 광장

시뇨리아 광장에서
길을 걸어가며 도보 여행의 즐거움에
잠시 빠져보는 것도 좋다

새로운 골목과 또 다른 골목에서
처음 만나는 새로운 것들이
신기하고 재미있는 여행이다

이곳저곳의 가죽 상점을 다녀보는 것도
쇼핑하는 즐거움이 있다
눈요기하다 좋은 가방이나
멋진 점퍼 하나 살 수 있다면
그야말로 금상첨화가 아닌가

가죽 상점에서 아내가 지갑과 벨트를 사주었다
내 가슴에 지니고 다니는 지갑은
늘 아내가 사준다
이 세상에서 내 심장 소리를 듣고
느낄 수 있는 사람은
바로 아내뿐이라고 말한다

시뇨리아 광장 곳곳을 다니다 보면
수많은 조각 작품들을 만날 수 있다.

미켈란젤로의 다비드상과
헤라클레스 등 수많은 작품들이
사람들을 지켜보고 있다

단테의 생가도 만날 수 있어
단테 두상에게 인사를 하고
알은척했더니 본체만체 미동도 없이
무표정한 그대로 서 있다

피렌체 우피치 미술관

위대한 명작 그림은 화가의 영감과
모든 상상력과 끼와 열정이 총동원되어
화폭에 살아 있는 듯 생생하게 그려내는
최고의 걸작들이다

이탈리아에서 최고로 꼽히는
피렌체 우피치 미술관은
르네상스 시대의 그림의 천국이다
미술관을 천천히 걸으며
눈으로 바라보며 관람하는 작품들은
당대와 지금도 최고로 손꼽히는 명작이다

우피치 미술관에는 어느 나라에서도
전혀 찾아보고 만날 수 없는
르네상스 화가들의 작품이 있는데
3층에는 보티첼리의 〈비너스의 탄생〉이 있다

티치아노의 〈우르비노의 비너스〉를 바라보고 있으면
탄성 속에 황홀감에 빠져들어
한순간 혼이 나간 듯 어느 사이에 나도 모르게
그림 속으로 빨려 들어가는 것을 느낀다

조토, 미켈란젤로 등 수많은 화가들의

끊임없는 열정이 만들어낸 명작을
한자리에서 만날 수 있다

거장들의 빛나는 작품을 볼 수 있다는 것이
너무나 신기해 나의 감성에도 색깔을 입혔다
살아 있는 듯 너무나 아름다운 그림을 보고 있으면
빼어난 색감과 곡선의 아름다움의 마법에 홀리고
독특한 매력 속으로 끌려 들어가
어느 사이에 그림 속 여인을 사랑하게 된다

아시시 마을

아시시는 아펜니노 산맥 중간의
산간 지역에 터를 아주 잘 잡은
소박하고 아담하고 정겨운 마을이다

이 작은 마을이 왠지 정이 가며
가슴에 따뜻함을 주고
숙연하게 기도하게 하고
자신의 삶을 돌아보게 만든다

아시시는 성 프란체스코가
예수 그리스도의 삶을 닮기를 원해
수도하고 행하며 살았던 곳이다

성 프란체스코 부모님의
동상이 세워져 있는데
모친의 손에 쇠사슬이 들려 있다
이것은 프란체스코의 사슬을
어머니가 풀어주었다는 의미를 갖고 있다고 한다

아시시에서 내려다보면
페루자의 전경이 아름답게 보인다

성 프란체스코의 숨결을 느끼며

간절히 기도를 드린다
나도 아주 작게나마
성 프란체스코의 삶을 본받고 살기를 원했다

아시시 미네르바 신전

아시시 미네르바 신전은
기둥이 신전임을 알려주었다

신전은 한 시대
대단한 역할을 한 듯이 보이지만
대부분의 신전은 무너져 내렸다

인간이 만든 신전에는 신은 없고
허망한 몸짓과 허무한 마음만 남아 있을 뿐
모두 다 허공을 향해 외친 몸부림들이다

진정한 신 하나님은
신전을 원하지 않으신다

온 세상 천지만물을 창조하시고
운행하시는 하나님이
어찌 인간이 만든 건물 안에 들어가
칩거를 하겠는가

신전을 볼 때마다
인간의 권력에 대한 욕심이 얼마나 어리석은지
안타까운 마음이다

권력자는 신의 존재까지
자기 마음대로 하고 싶었던 것이다
한 시대를 살다가 떠나는 인간이
신의 존재를 감히 어찌하겠는가

베로나 가는 길

베로나는 도시와 다리와 강과
건물과 사람이 잘 어우러져
아름답고 살기 좋은 도시다

이탈리아 동북부 베네토 주에 있으며
동쪽에서는 아침마다 태양이 아름답게 동터오고
서쪽에는 아디제 강이 흘러
도시의 갈증을 적셔주고 있다

베로나는 로마 시대의 유적이 아주 많은 곳이라
수많은 사람들이 계절마다
항상 즐겨 찾아온다

마페이아노 박물관에 가면
그리스 로마 시대의 유물을 볼 수 있다
베로나는 르네상스 시대의 손꼽히는
건축가 미켈레 산미켈리가 태어난 고향이다

산타 마리아 글로리오사 데이 프라리 성당에는
아주 오래된 장서와 함께
화가 티치아노가 그린 〈성모승천〉이 있어
사람들의 발길을 모으고 있다

베로나는 모든 것이 충만했다
과일과 야채가 다양하고
바르돌리노, 발폴리첼라, 소아베, 레치오토 등의
포도주는 애주가의 입맛을 당긴다

베로나는 유럽의 어느 곳으로나 마음대로 갈 수 있는
철도와 길이 활짝 열려 있는
사통팔달의 살기 좋은 곳이다

베로나 아디제 강

베로나를 가로지르며 흐르는 아디제 강은
언제나 맑은 물이 흘러내려
피곤에 지친 사람들의 마음에
휴식처와 공간이 되어준다

물이 맑아 밑바닥까지 훤히 보이는데
강물에는 황혼이 깃든 한 노인이
플라이 낚시를 하며 추억을 낚고 있다

흘러가는 강물에 추억도 흘러가고
내 마음도 세탁해 마음이 부드러워진다

여행 중에 눈조차 갈증을 느낄 때
강물을 바라보면 촉촉이 적셔준다

강은 어느 나라 어느 도시에서든
살아 있는 심장이며 생명줄이며
강변은 사람들의 휴식 공간이고
편안함과 낭만을 선물하는 살아 있는 공간이다

강물은 흘러가면서 말한다
"오늘을 후회 없이 행복하게 살아라
흘러간 시간은 다시 돌아오지 않는다"

베로나에서 한 잔의 커피

아기자기해서 마치 조형 같은
느낌이 드는 베로나에서
이른 아침 빵 조각을 씹으며
커피를 마신다

어제의 노독과 나른함에
눈꺼풀이 무게를 더하고
어깨가 짓눌린 듯 무겁지만
아침에 마시는 한 잔의 커피가
마음을 상쾌하게 만들어준다

커피를 마시며
오늘은 어디로 갈까
물음표를 던져도
기대가 되는 하루다

이것이 바로 여행에서 느낄 수 있는
아주 좋은 느낌의 즐거움이다

베로나 줄리엣의 집

누군가 수채화처럼 그려놓은 듯
아름다운 베로나
셰익스피어 소설 「로미오와 줄리엣」의
배경이 된 곳이다

누구나 첫사랑은 가슴 설레고
가슴이 짠해지고 시려
감동을 만들어놓는다

이탈리아 여행을 하면
줄리엣의 집을 찾아간다

로미오가 한밤중에
줄리엣을 불러내었던 발코니를 바라보고
발코니에 서 있어보며
오늘만큼은 소설 속의
주인공이 되고 싶어 한다

줄리엣 집 입구 작은 터널에는
형형색색 종이에
갖가지 사랑의 사연이 적혀 있다

사랑의 고백은 역사가 살아 있는 한

끊임없이 계속될 것이다
왜 이루어진 사랑보다
이루지 못한 사랑을 더 아름답게
기억하고 추억하는가

미완성인 사랑이 이루어지기를 간절히 바라며
자신의 사랑이 그런 아름다운 사랑이 되기를 원하는
한결같은 마음 때문일 것이다

죄악의 도시 폼페이

죄악을 탄식하신 하나님이
죄악의 도시 폼페이를 화산재로
쓸어버리고 덮어버리셨다

서기 79년 8월 24일 폼페이는
건물과 2만 명의 사람들과 함께
지구 상에서 폐허가 되어 사라졌다

목욕탕, 사창가, 술집이 번성했던 도시
사람들이 찾아와서 즐기며
죄악을 저질렀다

살아남은 자들도 무서워서 절대로
폼페이에 대해서 말하지 않았다고
전해지는 절망의 도시다

600년간 발굴하여 찾아내었지만
발굴하면 할수록 처참하고 비참함만 남아 있다

이 폼페이를 보면서도
사람들은 오늘도 폼페이 같은 것을 찾아
향락을 즐기고 싶어 한다
참으로 인간은 어리석은 존재다

피렌체에서 마시는 한 잔의 커피

새벽안개를 깨우는
한 잔의 커피를 마시며
마음 한복판이 행복해졌다

호텔 창가에 앉아 거리를 내려다본다
이 아름다운 여행도 추억이 된다

세월이 흐르면 추억도 흘러가고
마음도 세탁되어
어느 사이에 모든 것이 흐려져 간다

단순하게 사는 것이 행복인 것을
무슨 욕망 무슨 욕심에 그리도 눈이 멀었을까

여행하는 즐거움이 온몸을 간지럽혀
때때로 웃음보가 터진다

사랑하는 이의 손을 꼭 잡고
얼굴을 바라본다
사람 좋은 고운 웃음이 살아 있다

폼페이 무너진 그날

폼페이 무너진 그날은
지옥이고 아수라장이었을 것이다

환락과 쾌락의 성이 한순간에
심판을 받듯 무너져 내릴 때
절망 속에서 터져 나오는
고통과 절규의 신음 소리가
온 천지에 메아리쳤을 것이다

마지막 순간까지 살고 싶어
서두르며 도망치려고 몸부림치는 사람들
여태껏 가지고 누리고 숨겨두었던 것들은
한순간 물거품이 될 뿐 아무것도 아니었다

놀라운 기색이 가득하고
실망한 기색이 역력했다
황홀한 감정 속에 나날의 쾌락을 즐기며 살아왔는데
갑자기 아무것도 보이지 않고
혼란 속에서 아비규환이 되고 말았다

죽음이 시시각각으로 다가오는데도
목숨을 구해줄 이 아무도 없고
구원과 간구의 시기조차 놓치고

죽음의 그림자가 다가오는 것을 보고
미치도록 소리를 지를 수도 없어
참담한 시선 속에 한순간에 사라지고 말았다

세상에서 가장 행복하게 쾌락을 누리며
누구보다 인생을 멋지게 살아가는 줄 알았는데
숨 막히는 무자비한 화산 폭발로 혼란 속에
한순간 잿더미가 되고 저주가 되고 말았다

폼페이는 교훈을 던져주고 있다
인간의 쾌락은 결국 죽음을 불러올 뿐이라고
이 시대에도 찾아오는 사람들에게
경종을 울리고 있다

저녁노을

하루가 저무는 시간
태양의 불씨마저 소멸되어간다

노을이 지면
하루 중에 하늘이 가장
붉게 물드는 진풍경이 펼쳐진다

태양이 잠들기 위하여
세상의 모든 어둠이 몰려온다

태양처럼 온몸을 불지를 수 있는
열정이 있다면
그 삶이 얼마나 멋진가

태양이 떠나는 시간
숨이 막히고
탄성이 터져 나오도록
정말 아름답다

이탈리아에서의 맛있는 식사

로마의 아침은 상쾌하다
햇살이 찬란하게 쏟아져 내리는
이탈리아에서의 아침은
진한 에스프레소 한 잔의 커피가 있고
맛깔난 피자가 있다

감자튀김과 깔끔한 스테이크
버섯 요리가 일품이다
자연이 돋보이는 과일로 후식을 먹으면
식사가 끝나도 참 맛있다

내 마음을 풀어주는
이탈리아 식사는
깔끔한 뒷맛이 일품이다

그 나라 음식이 맛있을 때쯤이면
낯설고 서먹함도
조금은 사라지기 시작한다

아침

동터오는 아침
해의 눈동자가 점점 더
밝아지는 시간이다

단잠에서 깨어나면
오늘은 어떤 좋은 일이 있을까
흥미로운 기대감이 가득하다

모든 것의 표정이 살아나
어둠을 벗어 던지고
새로운 힘을 회복한다

나에게 허락된 오늘 하루도
힘겨운 표정으로 살기보다는
따뜻함과 정겨움을 나누며 살고 싶다
내가 먼저 사람을 좋아하고
마음을 활짝 열고 살아야 한다

게으르지 않은 발걸음으로
사람들이 항상 함께하고 싶도록
웃음과 친절을 나누며
오늘도 열심히 살고 싶다

세월

손으로 잡을 수 없고
마음에 담아둘 수 없도록
쏜살같이
흘러가 버리는
삶의 시간들

포지타노 마을

아말피 해변 포지타노 마을은
이탈리아 최고의 휴양지 중 하나다
지중해의 바다가 밀려오는 것을 볼 때마다
가슴이 탁 터졌다

해변이 있는 마을
자연경관이 참으로 아름답고 공기가 좋고
유혹적인 정경이 매혹적이다

마을을 산책하며
파스타와 올리브유를 샀다
집으로 돌아가면
포지타노 마을을 생각하며
아내와 함께 맛있는 식사를 하고 싶다

여행 중에 자연이 아름다운 곳에서는
한동안 머물고 싶은 연민이
내 마음을 흔들어놓는다

세상의 모든 잡념과 욕심과 욕망을
다 던져버리고 아주 편안한 마음으로
자연인으로 돌아가 아무런 편견 없이
한동안 모든 것을 잊어버리고 살고 싶다

이런 생각을 잠시나마 하게 해준 곳이
아말피 해변의 포지타노 마을이었다

포지타노 마을에서 하룻밤을

해안의 아름다움의 극치를
눈앞에 보여주고
코발트블루빛 지중해의 바다 빛깔에
황홀함을 느낄 수 있는
포지타노 마을에서 하룻밤을 보내라

해변 마을 곳곳에
머물고 싶어지는 작은 호텔들이 많아
광적인 호기심이 발동한다

이탈리아 여행의 여정 속에
포지타노에서 하룻밤을 보내는 것도
운명적으로 아름답고 멋진 일이라 생각하니
금방 웃음이 절로 나온다

드넓은 지중해를 내려다보고
밤하늘의 별을 세다 보면 매력에 빠져들어
감성에 젖은 시인의 가슴을
생기가 돌도록 흔들어놓아
시 한 편이 냇물처럼 흘러간다

포지타노에서 사랑하는 사람과
사랑에 풍덩 빠져보라

젊은 날 같이 보냈던 신혼여행보다
생기롭고 더 풍요로우며
아름답고 멋진 밤이 될 것이다

사랑이란 기다림의 연속이다
기다리고 있을 때 그리움이
더 큰 행복을 가져다준다

시에나

영화 007과 드라마에 수없이 등장해
사람들의 눈에 익은 곳
이탈리아 북부 지방의 시에나를 만났다

피렌체와 이웃처럼 붙어 있는 도시로
서로 쌍벽을 이루며 경쟁을 하고 있다

중세도시를 그대로 잘 간직하고 있는 시에나는
독특한 건물들이 빛바랜 붉은 빛깔로
묘한 아름다움을 가슴에 전해준다

8개의 성벽 안에 중세도시가 있어서
걸어서 둘러보아도
시간이 많이 걸리지 않아
여유롭고 편안하게 구경할 수 있다

시에나 골목골목을 걷다 보면
어디선가 중세 사람들이
우르르 몰려올 것만 같은 생각이 든다

시에나 길을 오르내리며
차분한 마음으로 바라보면
건물들의 모양과 지붕이 잘 조화되어 있어

눈이 호강하는 기분이다

시에나 광장에서 나그네의 목마름을
커피 한 잔으로 적셔줄 수 있다면
커다란 만족감으로
여행은 그만큼 더 행복해질 수 있다

나폴리로 가라

어떤 날 훌쩍 어디론가 떠나고 싶다면
마음이 힐링되는 곳
나폴리로 가라

나폴리가 눈앞에 나타나면
바다의 진미가 살아나고
세상이 아주 근사해진다

산엘모 성에서 야경을 내려다보면
바다의 모습과 집들의 풍경이
얼마나 잘 어울리고 찬란한지
저절로 탄성이 나온다

나폴리 항구의 배들을 보면
사랑하는 이와 함께 타고서
먼 바다로 몇 날 며칠을 항해하며
영원히 그리워할 추억을 남기고 싶어진다

나폴리의 아름다움에 빠져서
낭만이 가져다주는
여행의 진한 맛을 느낀다

아름다운 해변과 함께하는 날들은

사랑하는 사람과 함께 있으면
신혼여행이라도 온 듯
아주 달콤한 사랑에 빠져들게 된다

나폴리는 볼수록 아름답고
삶에 여유로움을 주고
가슴으로 느낄수록 행복해지는 곳이다

여행을 하면서 어디가 좋았나요

여행을 갔다 오면 사람들이 묻는다
여행 중에 어디가 가장 좋았나요

내가 가고픈 곳 원하는 곳은
그곳이 어디든지 좋았고
눈물 나도록 감격스러웠다

떠나고 머물고 서성거리고
불쑥 찾아 들어가고
때로는 목적지에서 딴 길로 빠져버리고
기웃거리던 것도 좋았다

하늘과 바다, 호수, 산, 동물과 사람들
가슴이 울렁이도록 붉은색의 조화로움이
인상 깊게 아름다웠다

아름다운 풍경과 멋진 건물들
맛있는 음식과 갖가지 과일과
한 잔의 커피가 좋았다

여행을 떠나면 마음의 경계를 풀고
한통속이 되어 만나는 모든 것이
행복하고 참 좋다

구름

구름은
갖가지 모양을 만들며
말을 걸어온다

구름은
때를 맞춰
잘 찾아올 줄도 알고
아무런 미련 없이
떠날 줄도 안다

구름은
삶이란 시시각각
변하는 것이라고
몸으로 표현하여 보여준다

구름은
아무런 말 없이
찾아왔다가 떠나며
수많은 이야기를 들려준다

추억의 한 장면

내 마음속에
한순간 찰나에 찍은
한 컷의 멋진 사진은
봄비처럼 가볍게 스쳐 간다

세월이 흘러가면
거짓은 사라지고 진실만 남는다
추억은 모든 걸 잃었을 때도 남는다

내 생각의 일부에
그리움이 아른거리는 것도
아주 좋아 흥분을 감출 수 없는
추억의 멋진 한 장면이다

아말피 해안

해변이 한 폭의 그림처럼
아름다운 아말피 해안의
절경을 바라보았다

구불구불 돌아가는 해안도로를 달리며
코발트빛 바다의 아름다움에
온 마음이 빠져들어 즐거움을 만끽했다

바다는 파도치며 소리를 질러도
아름다운 풍경을 만들어놓는다
파도치는 소리를 들으며 말을 걸었다
삶을 어떻게 살아야 하느냐고

파도는 말했다
"하나님이 주신 삶
하나님의 뜻대로 살라"고
파도를 파도치며 말했다

하나님은 자연을 만드시고 나를 만드셨으니
하나님의 뜻대로 살아가는 것이
삶이라는 것을 새삼 다시 깨닫게 되었다

아말피 해변을 바라보면 볼수록

떠나고 싶지 않아서
살아 있는 동안 그 아름다움
언제까지나 잊지 못할 것 같다

여행이 끝나갈 무렵

살던 곳의 판에 박힌 생활에서 벗어나
마음껏 추억 속에
많은 것을 남겨두고 싶었다

새로운 만남이 있을 때마다
자세히 구석구석을 살펴보며
기적의 요행을 만났다는 반가움에
눈을 크게 뜨고 바라보면
호기심을 마음껏 만족시켜주었다

여행의 끝에는
항상 가슴에 남는 낭만과 아름다움에
입가에 웃음이 있어 좋은 느낌을 나눈다

여행 중에 갑자기 비가 내리면
황급히 머리를 감싸고 뛰다가
웃음이 절로 나와 비를 맞는다

비를 맞는 것도
눈 맞추며 웃는 것도
반가운 손님을 만나듯 즐거움 중의 하나다

여행이 끝나갈 무렵

또다시 새로운 만남을 원하고
다른 여행이 그리워서 마음이 짠하지만
이별의 슬픔을 가슴속에
애타게 남길 필요는 없다
차라리 기쁨과 감동을 뜨겁게 해야 한다

여행이 끝나면 한순간에
모든 것이 기억 속에서 떠나가지만
내 마음에는 다시 여행을 떠나고 싶은
오솔길 하나 만들어지고 있다

여행하는 마지막 날
해가 저물고 어두워지고 있다
조용히 두 손을 모으며 감사를 드린다
한동안 집을 떠나 있었지만
큰 만족 속에 가슴 뿌듯한 기쁨을 안고 돌아간다

산타마리아 델레 그라치에 성당

밀라노 산타마리아 델레 그라치에 성당에 가면
레오나르도 다빈치의
다시는 그릴 수 없는 명화
〈최후의 만찬〉을 만날 수 있다

예수 그리스도가 십자가에 달리시기 전에
예수 그리스도의 피와 살을 의미하는
포도주와 빵을 열두 제자와 함께 나누며
마지막으로 베푼 최후의 만찬이다

호기심 가득한 눈빛으로
심장의 뛰는 설렘으로 그림을 바라보면
예수 그리스도와 열두 제자가
한 사람씩 가슴 한복판으로 다가온다

오늘의 베드로는 과연 누구이고
오늘의 가룟 유다는 누구일까
사람의 운명이란 욕심을 어떻게 하는가에서
달라진다는 생각이
머릿속에서 떠돌다가 사라진다

다빈치의 간절한 열망과 열정이 그려진
한 폭의 그림이지만

이 그림 속에서 사람들은
구세주 예수 그리스도를 만나며
자신의 신앙의 현주소를 묻고 있다

위대함 속에서 작고 작은 기도가
얼마나 소중한 영적인 힘이 되는가를
몸과 마음에서 체험할 수 있다

눈앞에 펼쳐지는 위대한 화가의 손길에 그려지는
그림 하나가 전율을 일으키고 큰 감동을 준다
어떻게 똑같은 사람의 손이
이토록 아름다운 그림을 그려낼 수 있을까
하나님의 영감과 돌보심이 없다면
도저히 이루어낼 수 없는 일이다

산마르코 성당

이탈리아 베네토 주의 베네치아에서
가장 아름다워 그 소문이 널리 퍼진
산마르코 성당은 볼수록
아름다움이 더 감동적이다

산마르코 성당은 내부 구조와
천장 그림과 조각품들이
아주 섬세하고 더할 수 없이 아름답다
비잔틴 양식의 대표적인 성당 건물이다

마르코의 유해가 서기 828년
이슬람 세력의 박해로 알렉산드리아에서
베네치아로 옮겨져 안치되었다
산마르코 성당은 개인 예배 처소에서
1807년 주교좌성당이 되었다

성당을 돌아보니 마음이 숙연해져
의자에 앉아 기도를 드린다
모든 것이 주님의 은혜요 사랑이다
나의 가는 길이 모두 다
주님의 인도하심이요 사랑이었다

예수 그리스도 나의 주님이 베푸시는

무한하시고 영원한 사랑에
두 손 모아 감사를 드릴 뿐이다
이 시간에 베네치아에 머물도록 인도하신
주님의 손길에 감사와 찬양을 드린다

성 프란체스코 성당

위대한 성자 성 프란체스코의
삶의 흔적과 발자취가 있는
성 프란체스코 성당에 들어가
제일 먼저 기도를 드린다

성 프란체스코 성당은
성 프란체스코의 기도의 울림이 있는 곳
행함과 진실이 있는 곳이다

성 프란체스코가 기도하던 곳
새들과 이야기를 나누던 곳
그의 삶의 발자취를 따라
이곳저곳을 살펴본다

수도자의 고결하고 성스러운 삶이
하늘에 맞닿는 기도를 드리게 하고
응답을 받게 한다

위대한 성자는 우연히 태어나지 않는다
모두 다 하늘의 뜻이요 섭리며
하나님의 자비로우신 인도하심이다

아시시 성 프란체스코

예수 그리스도를 마음과
영혼 가까이에서 사랑한
성인 아시시 프란체스코

그의 삶 속에서
예수 그리스도가 보인다
그의 가난한 기도 속에
예수 그리스도가 보인다

새들과 동물들과 대화를 나누고
사랑하는 모습에서
예수 그리스도의 온유하고
겸손하신 모습이 보인다

프란체스코는 삶 속에서
마음에 예수 그리스도를 모시고
동행하는 삶을 살았다

예수 그리스도처럼 살기를 원했던 그에게
주님은 예수 그리스도의 흔적을 몸과 삶에
그대로 나타내 보여주셨다.

이탈리아를 떠나기 전에

이탈리아를 떠날 때
좀처럼 발길이 떨어지지 않지만
이탈리아야 잘 있어라 나는 간다

유난히 나의 눈길과 발길을 끌어당기던
너를 추억하며 가슴에 새겨놓으면
모든 풍경이 아주 오랫동안 남아 있을 것이다

호기심 속에 시작한 여행
날마다 무지무지하게 행복해
언젠가 네가 보고 싶을 때
다시 찾아와 얼굴을 불쑥 들이밀고 싶다

위대한 건축물을 바라보며
세월을 읽고 역사의 흔적을 읽었다
이탈리아를 떠나기 전에 진한 커피를 마신다

삶 속에 걸어가는 발자국마다
추억을 남기며 살고 싶다
커피 향이 입가에 코끝에
여운처럼 남아 붙잡는다

커피 한 잔에 입술을 적시며

진한 향기를 느끼며
쓸쓸한 이별의 아픔을 느끼지만
언젠가 다시 만나면 어찌 아니 좋을까

하늘 구름 사이로 미련을 떠나보내는데
마른 나뭇가지들이 바람에 흔들린다
내가 머물던 곳들을 회상하며
한동안 무언의 소통을 해본다

새 한 마리 어디서 날아왔는지
창가를 기웃거리더니 날아가 버렸다
꼭 여행 왔다가 훌쩍 떠나는 나의 모습이다

헤어지는 순간은 슬픔이지만
다시 만날 때 몹시 기뻐할 것이다
이탈리아야 잘 있어라 나는 간다

프랑스 여행

나는 지금 프랑스로 간다.
프랑스는 모든 예술가들이 동경하는
꿈과 환상의 나라다.
여행은 시기와 날짜와 계절이 잘 맞고
동행하는 이와 조화를 잘 이루어야 한다.
여행은 놓치기 싫은 즐거움이며
남기고 싶은 추억을 만드는 기쁨이다.
여행은 찾고 보고 먹고 타고 잠자는 것이다.
혼잡을 떠난 단순함을 찾는 여행은
행복한 마음과 평안함을 만들어준다.

예술가들은 새로운 것을 추구하고
갈망하며 열정을 쏟아내어
그리고 쓰고 조각하고 연주하고 춤추며 노래하며 살아간다.
프랑스의 모든 건물이 파스텔 톤 색감으로
날씨에 따라 각기 색다른 풍경을 보여주고
나라 전체가 극히 멋진 예술 작품이다.

여행은 고독과 그리움을 주고
갖가지 감동과 기쁨을 선물한다.
여행은 길과 길에서 떠나온 곳이 그리워지고
살던 곳으로 다시 돌아가기를 원하는 것이다.
들판에 초록 향기가 가득한 여행은 즐겁다.
프랑스인들은 고유의 문화를 만들고 지키고
아끼고 사랑하며 살아가고 있다.

프랑스

프랑스는
존재하는 모든 것이
아름다운 예술 작품이다

위대한 문화와 작품을 훼손하지 않고
지켜내는 사람들의 힘과
사랑하는 힘이 거대하고 대단하다

하늘과 거리와 산과 들, 나무들이
제자리를 뽐내며 마음껏 자태를 과시한다

문화와 예술의 숲 속을 거닐면
화려함보다는 도리어
엄숙하고 경건함을 느끼게 된다

하늘에 떠 있는
구름이 시시각각으로
다른 표정을 만들고 있다

행복하기 위해 떠난 여행은
내 삶에 플러스알파를 더해준다

프랑스 여행을 하면 누구나 시인이 된다

예술과 낭만의 나라
프랑스 여행을 하면 누구나 시인이 된다

소리 없이 자란 가로수들이
무성한 잎들을 뽐내듯 서 있고
오랜 역사를 전해주는 검은 빛깔 고성과
세월을 잘 견디어온 성당
드넓은 들판의 포도밭이 시를 만든다

주렁주렁 탐스럽게 열린 포도송이
서로 키 재기 하며 웃음을 참지 못해
동그라미를 그리며 웃음 잔치 하는
해바라기의 볼웃음이 참 귀엽다

푸른 하늘과 맑은 공기
모든 것의 질서 정연함 속에
감탄과 감동 속에
한 편의 시가 되어 마음에 그림을 그린다

자연에 마음을 풍덩 던지고
이 여름날 포도송이로 익어가며
장미 향수의 향기와
붉은 와인 한 잔에 넋을 적시면

시 한 편이 강물처럼 흘러내린다

모든 풍경은 여행자의 마음에
멋진 낭만을 수놓아 주기에
프랑스를 여행하면 누구나 시인이 된다

파리 센 강

파리에 핏줄로 살아서 흘러내리는
센 강이 없었다면
오늘 같은 낭만과 멋과 운치가 있을까

프랑스 파리를 동서로 흐르는
센 강 변을 따라 걸으면
잘 정돈되어 있는 아름다움에
춤과 노래가 저절로 나온다

강변의 가로수는 자유롭게
마음껏 자태를 자랑하며 자라고
강가에 정박해 있는 배들은 어디론가 떠나고 싶어
매인 사슬을 풀고 싶어 한다

프랑스인의 기쁨과 눈물이
뿌연 흙탕물로 흐르는 센 강이 아름다운 것은
센 강에는 퐁네프 다리, 사랑의 다리,
미라보 다리, 비라켕 다리 등 수많은 다리가
각각 독특한 멋과 운치를 선물하기 때문이다

센 강 변에서 볼 수 있는
독특하고 오래된 건물들
에펠탑, 노트르담 대성당, 박물관

그야말로 장관이다

한밤에 센 강에서 유람선을 타면
맑은 날은 맑은 날 대로
비 오는 날은 비 오는 날 대로 보여주는
화려하고 찬란한 모습이 다르다

해 질 무렵 노을 빛깔로
더욱 붉게 물드는 센 강의 까만 밤하늘의 별은
유난히 찬란하고 강하게 빛을 발한다

아름다운 센 강이 눈길과 발길을 잡고
놓아주질 않아 떠나기 싫어
행복한 추억이 여운으로 남는다

에펠탑

에펠탑은 파리의 상징이며
세계인들이 가장 보고 싶어 하는
최고로 멋있는 탑 중 하나다

프랑스혁명 백 주년인 1889년에 세워져
아주 늘씬하고 세련된 몸매를 자랑하며
사람들을 끌어모은다

에펠탑은 샹드막스 공원과 연결되어 있고
탑이 보이는 파리 어느 곳에서나 바라보아도
그 키가 301미터라 잘 보인다

에펠탑에 올라가 파리를 내려다보면
센 강과 파리가 한눈에
살아 있는 풍경으로 들어온다

에펠탑 옆에는 에펠의 동상이
아주 무표정하게 서 있다
에펠탑은 전 세계인들이
보고 싶어 하고 찾아오게 하는 곳이다

높은 하늘과 맞서 위용과 아름다움을 뽐내는 에펠탑이
내 눈앞에 나타나다니

여행은 역시 좋고 좋다
탑 꼭대기에 올라 멋진 풍경에 감탄하며
파리를 한눈에 내려다볼 수 있다

개선문

개선문은 1806년 나폴레옹의 전쟁 승리를
기념하는 프랑스 영광을 상징하는
찬란한 영광의 기념비적인 탑이다

개선문은 콩코르드 광장과
화려한 명품 거리
샹젤리제의 북쪽에 위치해 있다

전쟁의 승리의 깃발을 펄럭이며
피가 뜨겁던 나폴레옹은
개선문 짓기를 원했지만 보지 못하고
바람에 날리듯 떠나가고
독재자 히틀러는 침공하면서도 통과했다

개선문의 크기만큼 하늘을 향하여
부르짖는 소리만큼 프랑스는 자부심이 강하다
영웅을 기념하는 커다란 문은
지금은 누구나 볼 수 있는 자유로운 문이 되었다

나폴레옹은 개선문의 맛을 보지 못했지만
개선문 중앙 아치 밑에는
제2차세계대전 무명용사의 무덤이 있고
그들을 기리기 위한 불꽃이 타오르고 있다

위대한 역사는
위대한 사람들만 만드는 것이 아니다
이름도 없고 영광도 없는
무명용사들의 힘이 있어야 한다

인간의 야망은 전해오는 이야기 속에도
활활 타오르고 있다
개선문은 혁명이 세워놓은 문이 아니라
민중이 새워놓은 문이다
오늘의 개선문의 주인은 바로 민중이고 시민이다

프랑스의 아침

아침은 희망을 주는 시간이다
어둠이 풀어지고 햇살이 비추는
예술혼이 살아 있는 프랑스의 아침에는
바게트를 굽는 냄새와
에스프레소의 향기와 샤넬 장미 향수가 있다

거리에서 남자가 바게트를 사 들고 가는 모습은
흔하게 볼 수 있는 정겨운 아침 풍경이다

사람들로 복잡한 관광지 외에는
한적한 뒷골목이 많아
걸으며 산책하는 것도 좋다

큰 바게트를 껴안고
리듬을 타며 웃으며 걸어가는
예쁜 소녀의 모습이 참 인상적이다

화려한 풍광의 매혹에 빠지고
다양한 색채가 찬란하게 살아 있어
사진 한 장 멋지게 찍어
남기고 싶어지는 곳이 바로 프랑스다

미라보 다리

미라보 다리 아래 센 강은
오늘은 물길을 만들며
수많은 애환을 담고 흐른다

아치형의 다리로
파리 시의 콩방시옹 가와 르무사트 가를
연결해주는 통로다

미라보 다리는 녹색의 진한 색깔만큼이나
전설적인 시인의 시와 사랑 이야기를 전해준다

당장이라도 달려가 미라보 다리에서
심장의 거센 박동 소리를 들으며
사랑을 고백하면 이루어질 것 같다

지금도 미라보 다리는
오가는 사람들의 꿈과 희망과 사랑을
연결해주는 통로가 된다

미라보 다리에서 사랑이 싹트고
이루지 못한 사랑이 그리워지는데
꿈과 희망은 한없이 자란다

달리는 자동차 위에 자전거 4대

상쾌한 아침
자전거 4대를 실은
자동차 한 대가 고속도로를 달린다

차 안에는 엄마 아빠 아이들 둘이
정답게 타고 있다
무더운 여름날 휴가를 떠나는
행복한 가족을 보는 것이 매우 즐겁다

아이들과 어디로 가는 것일까
바라보기만 해도 참 기분 좋은 일이다

한 가족이 즐겁게 자전거를 타고
즐기며 달리는 모습을 상상하면
가슴까지 벅찬 감동이 일어난다

행복한 부모를 만난 아이들
사랑스러운 아이들을 키우는 부모는
이 지상에서 가장 행복한 가족이다

샹젤리제 거리

세계적인 명품들이 즐비한 화려한 거리
쇼핑하고 싶어 하는 수많은 사람이
걷고 돌아보고 싶어 하는 거리다

이 많은 사람들이 어디서 온 것일까
둘러보면 한눈에 전 세계 사람들이
웅성웅성 떠드는 목소리가 각기 달랐다

샹젤리제 식당 푸케는
레마르크의 소설 「개선문」에
소개된 오래된 식당이다

샹젤리제 거리는 한계를 뛰어넘어
꽤 재미있고 다양한 볼거리와
이야깃거리를 만들어놓는다

홀로는 모두 다 외로운 사람들
어디로 가는 사람들일까
물밀듯이 모여들고 있지만
서로가 서로를 모르는 사람들
각각 원하는 방향으로 흩어진다

귀에는 익숙한 거리지만

거리에는 낯선 시선들만 가득하다
오늘만은 이 거리와 친구가 되고 싶다

오르세 미술관

그림을 좋아하고 사랑하는 사람은
독특하게 기차역을 개조하여 만든
오르세 미술관을 꼭 가보고 싶어 한다

미술관 1층부터 3층까지
르누아르, 고갱, 로트레크,
고흐, 마네, 드가, 세잔 등
인상파 화가들의 살아 움직이는
그림을 볼 수 있어 몹시 기대가 된다

전시된 그림을 보려고
발걸음을 옮길 때마다
새로운 그림의 만남을 통해
마음속에 그림 한 장씩 그려보며
나름대로 배우고 표현하고 즐긴다

조각들도 만날 수 있는 곳
전시된 그림들이 마음에 든다면
그림책 한 권쯤은 사가지고 나와도 좋겠다
유명한 화가의 그림도 만나고
그림 속에서 삶을 힐링할 수 있는 곳이다

하루쯤은 시간을 내어

그림의 세계 속으로 기쁨과 감동이 넘치도록
그림 여행을 떠나면 좋은 곳이다

몽마르트르 언덕

파리 하면 가고 싶고
얼굴을 한 번쯤 그리고 싶은 곳
몽마르트르 언덕 위에 올라가면
아주 근사한 사랑을 만날 것 같은 환상에 젖는다

프랑스 파리에서 가장 높은 해발 129미터
사크레쾨르 성당이 있는 언덕을 전 세계인이 찾는다
마음에 긴장을 풀고 가벼운 발걸음으로
언덕을 오르고 또 오르면
화가들이 모여 있는 데르트 광장을 만난다

그림을 잘 그리는 화가를 만나
초상화를 멋지게 그려놓고
가식 없는 자신의 순수한 얼굴을
바라보며 사는 것도 기분 좋은 일이다

오늘의 나의 모습은 어떤가
내일의 나는 어떤 모습으로 살아갈 것인가
삶의 지루함을 몰아내고
활기차게 내일을 만들어가며 살고 싶다는 다짐에
심장이 열정으로 뜨겁다

전 세계에서 이름을 날리고 싶었던

수많은 화가들이 모여들어 머물고 떠나가는
몽마르트르 언덕에서
자신의 꿈과 희망을
다시 한번 되새겨보는 것도 좋다

만약에 몽마르트르 언덕에 살게 된다면
행복한 웃음을 웃어가며
초상화를 그리는 사람으로 살아볼까

파리의 노을

햇살이 빛나고 하늘이 푸르던 날
처음으로 만난 파리 저녁
붉게 물드는 노을 속으로
해가 마음껏 자태를 뽐내며 사라진다

하루의 일정을 마친 태양이
불타는 열정으로
파리만의 매력을 선물해준다

사람들은 왜 해가 뜨고
지는 순간을 찾아가며 좋아할까
손가락 사이로 빠져나간 시간을
잡을 수 없는 허무함 때문일까

처음 만나는 파리 모습에
내 피가 달아올라 기대감 속에
가슴속 심장이 쿵쿵 뛴다

태양 빛이 아무리 찬란하다 해도
벽을 만들면 어두운 그늘이 생긴다
밤이 되자 하늘의 별들이 반짝거리는데
모든 것이 어둠과 하나 되기를 원한다

파리에 와 있으니 가슴 한쪽이 짜릿하고
목울대까지 울컥하도록 좋아
연필로 써놓고 싶은 추억을 만들고 싶다

여행이라는 쉼표에 온몸을 담그며
눈꺼풀이 내려앉는 피곤함을 침대에 누여
포근한 정을 느끼며 휴식을 취한다

니스 영국인 산책로

내 마음속에 있는 수많은 길이
여행을 떠나게 한다
프랑스 여행은 곳곳에서
시선과 발걸음을 멈추게 한다

리비에라 해안
태양이 빛나는 푸른 해변에 아주 잘 펼쳐진
영국인의 산책로라 불리는 곳이 있다

홀로 누워 있어도 외롭지 않은 바닷가는
밀려오는 파도에 하모니를 만들어내고
청청한 마음속에 아련한 그리움이 다가온다

산책로에는 걷는 사람, 자전거 타는 사람,
세계 각지에서 찾아온 여행자들이
함께 어울려 여름 풍경을 만들어낸다

세월이 흐르는 동안 수없는 발길을 맞고
떠나보낸 이 거리는 걷고 걸어도 먼데
오늘도 찾아오는 이들을 반갑게 맞아준다

떠나온 곳이 그립고
만나는 곳이 아름답기에

여행을 하는 즐거움이 있다
갈 수 없었던 길을 가는 것이 기분이 좋다

니스를 걷는데 장난기 가득한 여인이
활짝 웃으며 윙크를 한다
해변에는 파도가 몰아치고 물보라는 일고
갈매기 한 마리 하늘을 날아가고 있다

호텔에서의 모닝커피

붉은 해가 창문에 햇살을 비추는 아침에
바게트를 먹으며
쌉싸래한 뒷맛이 맛있는
진한 에스프레소를 마신다

맵고 짠 눈물로 시달리던 일에서 떠나
푹 쉬며 구겨진 시간들을 쭉 펴놓는다

여행하는 사람의 눈은 어디서나
행복을 찾고 싶어 하는데
먼 하늘에 작은 구름들이
몽실몽실 그리움을 펼쳐놓는다

꿈에 그리고 동경하던 프랑스에서
단잠을 자고 일어나 마시는 한 잔의 커피 속에
깊은 만족감과 행복감을 느낀다

자연 속에서 생명과 어울리고
풍경의 아름다움에 빠져들어
내 안에서 시달리고 상처 난 어둠을
따뜻한 햇볕에 널어 바짝 말려야겠다

니스 해변

해변에 밀려오는 파도가 시시각각으로
수많은 이야기를 전해주고
밤새도록 굶주린 파도가
겹겹이 입을 크게 벌리고
해안으로 다가오고 있었다

해변가의 수많은 자갈들이
파도에 부딪히며 사르륵사르륵
수많은 삶의 멜로디로 노래를 부른다

노을이 지나가고
어둠이 까맣게 물든 밤에는
파도마저 외로워 울음소리를 내며
마음도 갈팡질팡 잠시 갈 길을 잃는다

바닷가의 바람을 맞으며
이국의 거리를 걷는 것은
마음에 잔잔한 파장을 일으킨다

외롭고 고독하다면 주저 말고 여행을 떠나라
파도치는 바다를 만나라
드넓은 들판을 바라보라
즐거운 기분을 주고 반기는 곳이 많다

여행을 하면 지나온 길은 점점 더
멀리 사리지고 새로운 길은
기대감을 갖고 찾아가면
마음속은 즐거움에 온통 난리 법석이 되곤 한다

모나코

아주 작은 나라 모나코
햇살 가득히 쏟아지는 날
황금 해안에 찬란하게 불꽃을 피우는
매혹적인 안개가 덮어오고 있다

800년 동안 이어온 가문의 나라는
지중해 연안 코트다쥐르 휴양지대로
한눈에 볼 수 있는 구릉지대에 있다

해변이 아름답고 날씨가 좋아
뜨거운 햇살이 목을 간지럽게 하지만
바람이 매우 상쾌한 도시에는
세계적인 카지노가 있고
군대가 없는 자유롭고 평화로운 곳이다

모든 건물이 깔끔하게 잘 정돈된 모나코는
사랑과 낭만이 전설처럼 이어져 오고 있지만
이곳에도 인간 본능의 모든 것이
도사리고 있다가 표현된다

화려한 궁전과 대성당
해양 박물관이 유명하지만
여배우 그레이스 켈리로 유명해진 나라

모나코를 방문하면 그냥 머물고 싶은
독특한 매력이 끌어당겨 발걸음이 경쾌하다

왕궁에 은밀한 모순이 감돌고 있는 모나코를
꿈속에서 다시 만나고 싶다
여행하는 사람들의 발뒤꿈치가
왠지 아름답게 보인다

모나코 그랑 카지노

모나코에는 그랑 카지노 건물이
돈방석을 원하는 손길을
유혹의 혀를 날름거리며 바라보고 있다

황홀한 쾌락을 느끼게 해주는 모나코는
카지노의 나라답게 수입이 많아서
국민에게 세금을 걷지 않는다

그랑 카지노는
파리의 오페라 하우스를 설계한
건축가 샤를 가르니에가 지은 건축물이다
욕망의 입이 큰 사람들이 찾아와
자신들이 꿈꾸는 세상을 원하지만
대부분 잃고 꿈은 한 줌의 재가 된다

이럴 수가 있을까
모나코 카지노는 욕망이 가득한 곳이지만
모나코 왕국은 낭만과 매력이 있어
누구나 살기를 원하는 곳이다

대단한 갑부들이
돈 자랑 하며 드나드는 카지노는
아무런 부러움의 대상도 아니다

평범한 사람들은
아무런 관심이 없다
잠깐 스쳐 지나가는 관광객일 뿐이다

에즈의 골목길

에즈의 골목길을 지나
샤갈의 묘지를 만났지만
여행자들은 깊은 골목길의 사연을 모른다

여행은 꿈이 찾아놓은 길
가 닿을 수 없었던 곳을
만날 수 있는 기쁨과 감동이 있다

아무리 유명한 예술가도
세월이 흘러가면 위대한 작품과
묘지만을 남기고 떠나간다

세상의 수많은 사람들은 죽고 나면
기억도 없이 잊히는데
예술가는 이름과 작품을 남겨놓는다
위대한 예술가 앞에 흩어졌던 마음을 가다듬어
생각의 갈피 속에 넣어두었다

에즈의 골목길에서
수많은 화가들의 그림을
쭉 훑어보기 시작하며 감상한다
조각가들의 각기 다른 조각품이
여행객의 눈길을 뺏고

마음을 펄쩍펄쩍 뛰게 감탄시킨다

누가 무엇을 그리고
누가 무엇을 새기고
누가 무엇을 조각하는가에 따라
작품이 달라진다

에즈의 골목길에서 잠시 잠깐 만난
훌륭한 예술품들은 연민의 정을 불러들여
온몸으로 받아들여도 아쉬움만 남아
기억과 추억 고리로 연결된다

샤갈 미술관에서

햇빛이 찬란하던 날
외곽에 떨어져 있는
샤갈 미술관으로 들어가는 길은
아름답고 예쁘다

독특한 샤갈의 그림을 감상하며
낯선 작품 속에서
색다른 삶 속의 화풍을 만난 것은
영원히 잊지 못할 것이다

위대한 작가의 작품은 사후에
더욱더 사랑을 받고 빛을 발하며
고귀하고 위대한 명성을 떨친다

일상의 사람들은
평범한 것들을 좋아하고
사랑하며 살아간다

위대한 예술가는
시대와 역사를 초월한 위대한 작품과
삶의 발자취를 남겨놓고
역사의 뒤안길에서도 빛을 발한다

칸

칸에서 세계적인 영화제가 열렸던 곳을 찾았더니
바람마저 불어 환영하듯 나를 밀고 있다
길거리 곳곳에 세기의 유명한 배우들의
손도장과 이름이 있다

얼마나 많은 배우들이
이곳에서 레드 카펫 위를 걷고 싶어 하고
수상의 영광을 누리고 싶어 할까
칸영화제 수상자의 그 마음을 알기 위해
레드 카펫을 걸으니
피곤했던 몸에 생기가 돌고 활력이 생긴다

자기가 원하는 예술 분야에서 인정받고
원하는 상을 받는다는 것은 기쁜 일이다
조국에서도 인정받고
해외에서도 인정받는 예술가라면
예술가 중에 최고의 행복한 삶을 사는 것이다

여행 속에 인생의 깨달음을 얻는다
역사는 역사 속에 뒹굴며
아름다운 이야기를 만들어낸다

이야기

여행은 이야기를 만든다
시계 속을 들여다보면
초침이 얼마나 빠르게 지나가는지
생명의 소중함이 느껴진다

사람들은 갖가지 이야기를 만들고
아름다운 풍경을 좋아하고
맛있는 음식에 감사하고
사랑 이야기 속에 감동한다

사람들은 이야기 속의
주인공이 되고 싶어 하고
이야기를 전하며 살아간다

여행 중에 이야기를 잘 풀어가는
재치가 있는 사람이 있어야
분위기가 좋아지고 감칠맛이 난다

여행 중에 정겨운 사람을 우연히 만난다면
갈증에 목말랐던 목을 축이기 위해
우정의 포도주 한잔을 마셔도 좋을 듯하다

마르세유

마르세유는 론 강 부근 지중해에 근접해 있는
프랑스 제일의 아름다운 항구도시다

도시 전체가 잘 정돈되어 있고
자연 친화적으로 잘 조화되어 있는
아름다운 절경이 순식간에 머릿속을 꽉 채워버렸다
바다와 섬과 육지와 푸른 하늘과
하나가 된 아름다운 풍경에 눈 맞춤 하고 싶다

세계적인 명작 소설
「몬테크리스토 백작」의 배경이 되었던
한 폭의 그림 같은 곳이라
너무나 아름다워 걷고 또 걷고 싶었다

하루 동안 스쳐 지나가며 보기에는
너무나 아쉬움이 남아 되돌아가
다시 보고 싶어진다

마음 설레게 하는 마르세유
언젠가 너를 다시 보러 찾아오고 싶어지는데
지나가는 비마저 아쉬움이 있는 듯 잠깐 내린다

여행은 눈에 보이는 풍경과

옛 건물의 속살을 읽어 내리며
사랑하는 이 만나듯 만나면
한층 재미가 더해져 행복하다는 말을 하고 싶다

노트르담 드 라 가르드 성당

산 위에 견고하게 세워진 노트르담 대성당
기도의 응답이 잘 내려지는
영적인 힘이 아주 강한 성당이다

수많은 신자들의 간곡한 기도가
수없이 응답되어 간증들이
성당 벽에 가득히 전시되고
천장에는 안전한 운항을 기도하는
배들이 매달려 있다

성당의 제일 높은 곳에는
성모 마리아가 아기 예수를 안고 있는
금동상이 아래를 내려다보며 서 있다

삶이 얼마나 안타까웠으면
얼마나 간절하면 기도를 하는가
얼마나 해결하고 싶으면
빠른 응답을 원하는 것일까

나도 잠시 잠깐이지만
마음을 모으고 두 손을 모으고 기도를 드린다
내일을 알 수 없는 삶이기에
애절하게 기도한다
사랑하며 살고픈 마음이 간절하기 때문이다

몽테뉴, 몽테스키외 동상

세상에 이름을 날린 유명한 사람들은
죽어서도 동상을 남겨놓는다

동상에게 그들의 지나온 삶을 물어보아도
아무 대답을 하지 않는다
동상은 그저 말없이
나의 삶을 적혀 있는 그대로
당신이 찾아 알고 기억해달라고 말한다

동상은 오랜 세월
비바람을 맞고 견디기가 힘들었는지
무척 권태로운 듯 무표정으로 서 있다

떠나간 위대한 사람들은
스스로 자신의 삶을 말하지 않아도
그들이 남긴 삶의 자취를
기억하고 추억하고 감동하는 사람들이
전하며 이야기하며 살아간다

폴 세잔 아틀리에

날씨가 화창하고 바람이 사르락 부는 날
엑상프로방스 북쪽 외곽
레로브 언덕 위의
폴 세잔 아틀리에를 만났다

세잔이 한동안 살며
화폭에 그림을 그렸던 화실이
살던 그대로 전시되어 있어
화가의 삶의 흔적을 느낄 수 있다

세잔은 이곳에서
얼마나 고뇌하고 기뻐하고 감동하며 살았을까
창을 통해 들어오는
햇빛을 통해 색감이 살아 있는
움직이는 느낌을 가졌을 것이다

세잔의 손길에 따라 그려진 그림들이
그가 떠난 100년 후에도
세계인을 감동하게 만들고
기억하며 찾아오게 하는
행복하고 뜨거운 체험이었다

아틀리에 부근에는

폴 세잔 그림 속에 그려진
생빅투아르 산이 있다

위대한 화가는 죽음이라는 이별 후에도
그의 삶과 손길로 그려진 그림을 통하여
위대한 역사를 만들어간다

중세 요새도시 콩탈 성

밤에 찾아온 콩탈 성은
로마 시대의 군사적으로 중요한 도시
카르카손에 세워진 중세 성이다.
성의 모양새가 아기자기해서
마치 동화 속에 나오는 성과 같아
흥미진진한 요술에 걸려든 것 같다
밝은 조명 불빛에 아름다워진 성은
지금 당장이라도 멋진 사랑 이야기를 쏟아낼 것 같다

유럽에서 가장 아름다운 성 중 하나로
내부 성벽은 서西고트족의 왕 외리크 1세가
왕으로 재위하던 485년에 건설되었다
1125년경에 콩탈 성이 세워졌고
구시가지에는 60여 개의 탑이 세워진
아름다운 중세 도시의 모습으로
여러 시대의 건축풍이 함께 어우러져
오늘의 성을 보여주고 있다

밤이 늦도록 다양한 나라의
관광객들이 찾아들어 노독을 달래고
고성의 아름다움에 젖어들어
한 잔 술에 내면의 긴장을 풀고 있었다

눈을 사로잡는 매력이 있는 콩탈 성을
걷다 보면 언제나 다시 볼까
아쉬운 마음에 하나도 놓치지 않고
마음에 담고 싶어 성안을 돌며
시간 여행을 떠나고 싶다

붉은 해가 잠시 걸려 있는
콩탈 성안을 돌아보면 아주 먼 옛날로
돌아간 듯한 묘한 기분이 들고
성안에 있는 동안 어느 사이에
동화나라 주인공이 되어 숨겨진 이야기를 찾고 있다

날씨 좋은 프랑스

낭만 가득한 파리로
한동안 집을 떠나 행복한 가출로
아름다운 풍경 속에
온몸과 마음을 훌훌 뒹굴어본다

맑고 날씨가 좋아 행복하고
사랑하는 이와 함께할 수 있어
더욱 행복하다

이층집 발코니에 놓인 꽃들이
탐스럽고 예쁘다
살아 숨 쉬고 다양하고 다채로워
묵을수록 좋은 곳이 파리다

눈앞에 자연스럽고 편안하게 펼쳐지는
그림 같은 풍경에
몸과 마음이 머물고 있다

맑은 공기 속에 온몸이 정화되어
피까지 맑아져 아스라이
늘 사무친 그리움으로 살고 싶다

여행길에 피곤이 몰려와 잠시 잠깐 졸다가

호기심이 가득한 눈빛으로 차창 밖을 보면
아름다운 풍경이 사방에서 빛난다

들판에 한가로움과 평화로움이 가득한 날에
나무 그늘에 앉아 잠시 휴식을 취한다
나를 풍덩 빠뜨려 스스로 덮고 있던
우울한 고민을 던져버리고 꿈길을 걸으며
시간을 마음껏 낭비하고 싶다

해바라기

여름날 들판 곳곳에서는
허풍 넘치는 뚱뚱한 얼굴로
명랑함 속에 쾌활하게 웃는
해바라기를 만날 수 있다

뜨겁고 찬란하게 내리쬐는
태양의 햇살 아래
해바라기 꽃무리가 웃음꽃을
활짝 피우며 반긴다

피곤한 사람들의 마음에
웃음을 선물하는 해바라기
손님을 만나면 좋아서
어쩔 줄 몰라 하며 잘 맞이하는
여름날의 친근한 벗이다

낯선 땅에서 만난
해맑은 웃음을 웃는
해바라기 얼굴이 참 귀엽다

누구에게나 친밀감을 선물하는
해바라기에게 사람을 반기는
해맑게 사는 비법을 꼭 배우고 싶다

론 강을 바라보며

프랑스에서 유일하게
지중해로 흘러가는 강
론 강은 흐르고 흐르면서
프랑스 역사와 문화를 만들어놓았다

리옹 시내를 흘러가는 강가에는
플라타너스가 싱그러운 모습으로
나그네의 발을 멈추게 하고 반겨준다

별이 빛나는 밤에는
사랑을 수놓아 주었고
힘들고 어려웠던 날은
바람으로 시원하게 해주었다

론 강가의 집들과 나무들은
살아 있는 조각들처럼 아름답고 멋있고
노을이 아른거리는 강물 빛이 참 예뻤다

사랑의 강 열정의 강
론 강은 오늘도 살아 움직이며
역사를 만들며 흐르고
강변에는 아름다운 플라타너스가 넘실대고 있다

아비뇽 성벽

중세 여러 교황들이 만든
중세 최대의 아비뇽 성벽은
길이가 5킬로미터가 넘는다

강물은 유유히 흐르고
성벽으로 둘러싸인 아비뇽
이 성을 지었을 때 얼마나 많은 사람이
피나는 눈물과 고통으로 절규했을까
지나온 세월 속에
얼마만큼 비바람과 시련을 당했을까
성을 쌓은 사람들의 고통이 숨겨져
구슬픈 애달픔을 전하고 있다

장인들과 민중의 솜씨 맵시와
눈물과 피로 쌓은 성은
그 많은 세월이 지난 오늘도
세계 유네스코의 명지가 되어
세계 사람들이 몰려와 찬사와 감탄을 보낸다

아비뇽을 끼고 도는 물길은
이순간도 세차게 흘러가는데
전해오는 성의 내력을 머리 위로 듣고
돌아 나오자 잊어버리고 말았다

세월이 비껴간 잿빛 고성 위로 하늘은 푸른데
처절한 상황에서도 견고한 교황청은
수많은 숨은 기도자의 기도 소리가 살아남아
오늘도 그 시대의 역사를 전해주고 있다

아비뇽 광장에서

프로방스의 중심인 아비뇽은
태양의 열기가 가득한 8월
전 세계에서 온 관광객들로 붐빈다

아비뇽 광장에서
잠시 잠깐 스쳐 지나가듯 만나고
잊히는 사람들 속에서 갈증이 심해진다

수많은 눈길들이
역사의 흔적과 자취를 더듬으며
내일의 꿈과 희망을 갖는다

여행의 휴식 속에
노천카페에 앉아 한 잔의 커피를 마신다

얼마나 많은 사람이
열정 속에 숨결을 파도치며
역사를 만들어왔을까

남은 인생
열심히 살아보자고 깔깔 웃어도 보고
맛깔나게 살아보자고 굳게 다짐을 한다

역사는 잘 다듬어지고
잘 전해져야 한다
이비뇽 광장에서 가슴 뜨거운 열정을
다시 한번 느껴본다

아비뇽 교황청

중세시대 14~15세기 교황이 머물던
아비뇽의 교황청
성벽의 높이가 50미터, 두께가 4미터로
그 옛날에도 구조와 설비가
복잡 미묘해 성당보다는 거대한 요새 모양이다

교황 클레멘스 5세는 로마의 파벌주의를 벗어나려
프랑스 왕 필리프 5세의 요청을 받아 교황청을 옮겼다
이곳에서 천주교의 역사는 한동안 이루어졌다

종교에 권세와 힘이 있던 시대
그들의 죄악을 발설할 수 없었던 민중은
고통 속에 괴로워 몸부림쳤다

종교의 위세가 하나님보다 높아질 때
권세와 모략과 물질 때문에
타락과 변질을 일삼았다

언제나 변함없이 순수한 신앙을 지키며
기도하는 신앙인들이 있어
믿음은 대를 이어 전해진다

한순간 수많은 역사의 얼굴들이

흔들리며 스쳐 지나간다
어느 시대든지 권력이 아닌 순수한 복음이
고귀하고 정결한 믿음을 갖게 한다

보르도

향기가 있고 맛깔나는 와인의 고장
애주가의 사랑을 받는 보르도
프랑스 가론 강과 도르도뉴 강이
서로 만나는 위쪽에 위치한 곳이다

삶이 고단하고
한잔 술이 그리워지면
보르도로 여행을 떠나라

목마름이 있고 깊은 슬픔이 있을 때
최고의 보르도산 백포도주 한 잔을
기분 좋게 마시면
진한 아픔도 금세 사라질 것이다

포도밭을 바라보며 걷고 와이너리에서
포도주 몇 병을 사서 돌아오면
상쾌한 기분 속에 흥이 날 것이다

보르도에서 머무는 동안
애틋한 정겨움 속에 마음이 안정되는
크나큰 여행의 즐거움을 맛볼 수 있다

보르도 사람들은

포도주를 만들어 부자가 된 사람들
대대로 포도 농사를 짓고
포도주를 만든 사람들은
하늘의 축복을 받은 사람들이다

생베네제 다리

교황 클레멘스 5세부터 70년간
교황들이 시무하던 아비뇽 곁
흐르는 강물 위에 생베네제 다리가 있다

생베네제 다리는 양 치는 목동 베네제가
다리를 만들라는 하늘의 음성을 듣고
만들었다는 이야기가 전해지고 있다
이 아름답게 건설된 다리가
왜 가운데에서 끊어졌을까

사람들은 도로를 연결하기 위해
다리를 만든다
끊어진 곳을 연결하고
소통하고 싶은 것이다

연결되었다 다리가 끊어질 때
역사는 비극을 만들고
인간은 뼈아픈 고통을 느낀다

역사 속에서 수많은 다리가
이어지고 끊어지고 부서진다
역사는 끈을 묶었다 풀었다 반복하고
전쟁과 평화를 반복하며 만들어진다

포도밭 와이너리

인생의 황혼이 농도 짙게 깃들어
아주 잘 늙어가는 두 분이
포도주 제조 과정과 숙성 과정을 설명하고
시음하도록 갖가지 포도주를 나누어준다

자기가 기르고 가꾼 포도로
맛있는 포도주를 만들어
고객들에게 이야기하면서
판매하는 모습이 참 행복해 보인다

고풍스런 집에 살면서
포도 농사를 짓고
포도주를 만들면서
가족과 대대로 살 수 있다면
참으로 이 지상에서 가장 행복한
사람들 중 하나다

와이너리에는 아주 다양한 사람들이 찾아와
원하는 맛있는 포도주를 사가지고 떠난다

몽생미셸

눈앞에서 몽생미셸을 보니
마치 생생한 꿈이라도 꾼 듯
어쩌면 이렇게 아름다울까
마법에 걸린 듯 마음을 통째로 빼앗겼다

프랑스 서부 해안가 드넓은 바다 가운데
그림 같은 절벽에 서 있어
멀리서 바라만 보아도 황홀한 절경이다

세월의 깊이 품위를 지닌 몽생미셸은
대천사 미카엘의 계시를 받아 지어진
바위산 전체가 수도원으로 되어 있다

몽생미셸을 세계의 연인이라 부르는데
누구의 손길이 저리도 아름다울 수 있을까
최고의 명작은 허점을 찾을 틈새를 주지 않고
감탄 속에 가슴 떨림이 전해진다
눈 뜨고 보기에는 너무나 아름다워
한동안 눈을 감고 상상하며 오래도록 지켜보고 싶다

건축하는 데 800년
가슴에 아픔이 다가온다
얼마나 많은 사람의 피와 땀과 눈물이 진 자리에

이렇게 위대한 건물이 세워졌을까
역사 속에서 흘린 피의 기록과
슬픈 이야기는 세월 속에 묻혀가고
소리 없는 비명과 흐느낌이 성안 깊숙이 잠들어 있다
벽에 기대어 잠시 생각에 잠겨보았다

그 수많은 세월은 잘 견뎌온
수도원을 바라보는 것만으로도 좋은데
안으로 들어가 볼 수 있으니 얼마나 좋은가
수도원 원장과 수도사들의 일상을 엿볼 수 있는
예배하고 묵상하고 기거하고 책을 보는 도서관과
식당 음식을 만드는 곳을 볼 수 있다

역사는 화려한 경력의 정치인들이
만들어내는 것 같지만
배후에는 인간의 역사를 위해
기도하는 사람들이 있다
기도하는 사람들이 없다면
진실과 양심의 강이 흐르지 않는다
기도하는 사람들이 없다면 영혼이 맑아질 수 없고
타락하고 변절할 수밖에 없다

여행이란

여행이란
세월이 지나고 흘러가면
잠시 잠깐 스쳐 지나가는 외출이며
길에서 길로 연결되는 것이다

떠나고 머무는 곳에서
또 다른 길을 묻고
모든 이야기가 길 속에서 만들어진다

때론 인생 뭐 있어 하며
무작정 기약 없이 떠나도
기다려주는 곳은 없어도
반가운 곳은 너무나 많다

여행 중 하루쯤은
길을 잃고 싶기도 하다

길은 여행을 만들고
여행은 길을 만든다

몽생미셸을 바라보며

레스토랑의 창밖으로
숨 막히도록 눈부신
아름다운 몽생미셸을 바라보며
잠시 혼미한 상태에 빠졌다

조수 간만의 차이 심한 바닷가
결코 만만치 않은 길을 순례자들은
때로는 목숨을 잃어가며 걸어오고 걸어갔다

파도와 함께 펼쳐진 멋진 광경을 보며
아주 근사한 식사를 하는 것도
추억 속의 명장면으로 남을 것이다

몽생미셸을 바라보면
왜 사람들이 아름다운 곳을
찾아 여행하는지 알 만하다

사람의 마음을 매혹하는
멋진 수도원 곁에서 독특한 프랑스 음식을
맛보며 프랑스를 마음으로 느낀다
여행자는 그 나라만의 독특한 음식을 먹기를 원한다
어디를 여행하든
마음속 깊이 남아 있는 곳이 있다

생각했던 것보다 기대 이상일 때
여행의 기쁨이 느껴진다

몽생미셸에서의 기억은 지워지지 않고
내가 사는 날 동안 언제나 남아 있어
추억 속으로 불러들일 것이다

노천카페에서

길을 따라가면 어느 곳에서나
관광 명소를 찾아낼 수 있다

아비뇽 거리의 노천카페에서
어여쁜 여자가 가져다주는
진한 에스프레소를 한 모금씩 마신다

프랑스의 노천카페는 어디나 자유롭게
차를 마시고 신문을 보고 책을 읽고
대화를 나누며 낭만을 즐긴다

커피의 진한 맛이 혀끝에 묻어난다
여행 중에 마시는
한 잔의 커피를 음미하다가
살던 곳이 문득 그리워진다
돌아갈 곳이 있다는 것은 행복하다

한 잔의 커피가 가슴속에
남기는 여운 때문에
또 다시 커피를 찾는다

뜨거운 태양 빛에 갈증을 느끼는 사람들은
시원한 맥주 한 컵에
산다는 의미를 시원하게 받아들인다

거리의 악사

사람들이 몰려드는 유명한 관광지에는
거리의 악사가 있다

흩어지고 모이는 사람들 사이로
널리 잘 알려진 음악의 연주가
사람들의 이목과 시선을 끌어당기며
감탄을 자아낸다

거리의 악사는
사람들이 모이면 모일수록
열정적으로 연주한다

연주자의 시선 끝 눈동자는
던져주는 동전에 분위기가 좋아진다

몇 푼의 지폐와 동전을 원하며
연주하는 그의 삶에는
지나온 세월 어떤 일이 있었을까

밤이 다가와 어두워지는데
떨어진 동전은 별로 없고
갑자기 들려오는 음악이 서글퍼진다

생폴드방스 중세마을

생폴드방스는
칸과 니스 사이 북쪽 내륙이다
코트다쥐르의 요새처럼
성벽이 잘 쌓인 중세마을이다

르누아르, 마네, 마티스, 모딜리아니 등
많은 화가가 사랑하고 좋아하는 곳
샤갈은 20년 동안 그림을 그리며
모든 열정과 혼을 불살랐다

니체의 산책로를 찾았다
니체는 이 길을 걸으며
철학을 구현했고 삶의 철학서
「자라투스트라는 이렇게 말했다」를 집필했다

세상에는 수많은 이론이 있지만
이론을 알고 행동하는 사람은 그리 많지 않다
평범한 사람들은 어떤 논리보다
삶을 있는 그대로 간섭받지 않고
자연스럽게 살아가기를 원한다

때로는 앉아 있는 것보다 길을 걸을 때
긴장했던 마음의 끈을 풀고 더 깊은 사색을 한다

오늘 니체의 산책로를 걷는 사람들은
어떤 생각을 할까

샹송

프랑스인의 삶이 시가 되어
노래가 된 샹송

구름도 산 위에 머물다 가는 여름에
프랑스 여행을 하며 샹송을 들으면
여행의 분위기가 한결 더 살아난다

샹송을 들으며 창밖을 내다보면
나도 모르는 사이에
풍경 속으로 푹 빠져버린다

그 나라의 음악에는
그 나라 사람들의 사랑과 애환이
녹아들어 담겨 있다

프랑스에서 샹송을 들으면
프랑스인의 마음이
내 마음속에 따뜻하게 흐른다

생폴드방스 산책

길을 걸으며 산책하는 것은
풍경을 눈으로 가슴으로
읽고 담는 시간이다

차분한 마음으로 길을 걸으며
심호흡을 하면 걱정이 사라지고
괴롭히던 것들도 멀리 떠나버린다

생폴드방스와 같은 낯선 이국땅을 걸으면
색다른 즐거움이 있어
흩어졌던 마음을 가다듬으며
새로움과 신기함에 발걸음을 멈추곤 한다

한동안 모질게 살아온 세월도
따스한 그리움으로 다가와
싱그러운 바람이 목깃을 스친다
힘들었던 지난날도
사뭇 다정스럽게 내 곁에 남아
오늘 같은 날은 막다른 골목에서
길을 잃어도 좋을 것 같다

아름다운 곳들을 관광했으니
집으로 돌아가면 더욱더

삶을 열심히 살아가야겠다

많은 것에 눈길을 주기보다
하나씩 하나씩 아름다운 풍경을
꼭꼭 씹으며 추억으로 남겨놓을 수 있으니
신발이 다 닳도록 여행을 하면 좋겠다

앙부아즈 성

루아르 강가 언덕에 우뚝 서 있는 앙부아즈 성에서
시내를 바라보면 탄성이 터져 나올 정도로
아름다워 한동안 머물며 살고 싶다

이끼 낀 바위 위 고성 안에서는
얼마나 많은 이야기가 만들어졌을까
사랑과 음모와 책략이 얼마나
많은 사람의 가슴을 조이게 했을까

프랑수아 1세는 이탈리아풍을 애호하여
레오나르도 다빈치를 초청해 작품을 만들게 했다
다빈치가 황제의 무릎에서 최후를 맞이했다는
유명한 성이니만큼 수많은 이유가 담겨 있을 것이다

앙부아즈 성 내부의 구조만큼이나
복잡다단한 역사를 만들고
그 역사를 감추고 일부만 전해진다

다빈치가 살던 곳은 붉은 벽돌집으로
박물관이 되었으나 복원되었고
다빈치의 흉상은 성 밖에 세워져 있다

앙부아즈 성은 침묵하는 가운데

화려한 역사의 일부를 보여주며
고요한 평화 속에 안겨 있다

뼈아픈 상처도 침묵 속에 간직하며
오랜 세월 고집스레 자리를 떠나지 않는
고성을 잘 알고 싶다면
깊고 넓은 통찰력이 필요하다

앙부아즈 성 다빈치 묘지

앙부아즈 성 자그마한 성당 안에 있는
레오나르도 다빈치 묘지
1519년 5월 2일
지상에서 영원으로 떠난
그토록 위대한 예술가가 잠들어 있다

레오나르도 다빈치의 삶은
참으로 경이롭고 신비하다
그를 사랑하는 사람들이
꽃을 놓고 돌아갔다

레오나르도 다빈치
그의 눈빛이 머물고
그의 손길이 오가며
그의 마음을 감동시키며
세기의 명작들이 태어났다

다빈치는 세월이 흘러
역사의 뒤안길로 떠났지만
그의 작품은 세계 도처에서 사랑받고 있다

다빈치를 존경하고 사랑하고
추모하는 마음과 발길은

역사가 살아 있는 한 계속될 것이다

죽어서도 보고 싶고 닮고 싶고
온몸이 뜨겁도록 열광하고 감동하는
사람이 된다는 것은
얼마나 위대하고 행복한 것인가

파리의 뒷골목

프랑스 파리 어디서든지 뒷골목을
잘 찾아다니면 재미가 쏠쏠하다
골목길은 미묘하고 복잡할수록
사람 사는 이야기가 있고
구석구석에 숨겨놓은 듯한
볼거리 재밋거리가 있다

무언가 기대하고 가다가
갑자기 막다른 골목을 만나면
휑한 마음이 되기도 한다

뒷골목에는 애환이 있고
삶이 있고 예술이 있고
멋이 있고 낭만이 흘러넘친다
수많은 시간이 만들어놓은 듯
그들만의 삶의 이야기가 있다

파리는 볼 곳이 너무나 많다
여행하는 동안 아름다운 일들의 연속이었다

집 잃은 개 한 마리
알 수 없는 골목길로
쫄랑쫄랑 도망치고 있다

비 내리는 프랑스

먹구름이 잔뜩 끼어
심술궂은 하늘이 비를 뿌리는 프랑스

하늘이 내린 비를
갈증이 심하던 땅이 다 받아 마시더니
질펀하게 적셔진다

여행 중에 만나는 비는 귀찮기도 하지만
때로는 더위를 식혀주는 반가운 손님이다

비 내리면 비 내리는 대로
비 맞으면 비 맞는 대로
여행은 그만큼의 즐거움과
낭만의 이야기를 만든다

비가 내리면
그리운 사람이 찾아오고
반가운 사람이 그리워지는 법
기쁜 기대만큼 설렘도 많다

휴식

날마다 일중독이 되어
열심히 일만 하던 사람이
모든 것을 잊고 여행을 떠나니
진정 행복하다

여행자는 길을 더듬거린다
찾아가는 곳마다
처음 만나는 길이다

살아가며 힘들고 어려울 때마다
한 걸음 한 걸음 뒷걸음쳐 보아도
세월은 뒤돌아보지 않고 곧장 흘러간다

여행을 하며 쉼을 얻으면
엇갈리던 운명조차 제자리를 찾고
흔들리던 마음조차 차분히 제자리를 찾는다

열정을 쏟아 일한 사람의 휴식은
삶에 활력과 행복을 되찾아주는
여유로운 시간이다

그리움

푸른 하늘에
뭉게구름 한 점 떠 있다

참 그립다

갑자기
비 한 방울이
손등에 떨어졌다

무척 그리워
마음에 새겨두고 말았다

시인

시인은
언어를 디자인하고
사람들은
인생을 다자인한다

표정이 살아야
인생이 산다

삶의
언어가 살아야
시가 살아 움직인다

생테밀리옹 포도밭

드넓은 들판에
중세에 지은 듯 고풍스런
집들이 드문드문 떨어져 있다

조상 대대로 이어온
오랜 전통의 포도밭
세월을 잘 견딘 집들과
포도밭이 증명해주고 있다

집집마다 주변에 있는
포도밭에는 뜨거운 여름 햇살 아래
포도알이 포동포동 살이 올라
태양이 뜨거워질수록 더 힘차게
강렬하게 익어가고 있다

풍성하고 잘 익은 포도 열매로 담근
포도주 창고에는
잘 숙성된 포도주가 가득하다

다정한 사람들과
흠뻑 젖도록 마셔도 좋을
유혹적인 붉은 포도주가 가득한 곳
집주인은 얼마나 좋을까 얼마나 행복할까

잠시 잠깐 시간 여행을 떠나
한순간 포도원 주인이 되어보았다

해마다 거둔 포도 열매가
해를 거듭하며
질 좋고 맛 좋은 포도주가 되어
전 세계 애호가들에게
팔려 나가고 있다

여행을 할 때는

여행을 할 때는
차의 앞자리에 앉아야
풍경을 파노라마로 볼 수 있다

같은 곳을 바라보아도
한 곳만 보기보다
파노라마로 바라보면
더욱더 생동감이 살아난다

어쩌면 삶 속에서
단 한 번밖에 볼 수 없는 곳이라면
가슴속 깊이 느끼고
감동하는 곳을 마음에 밑줄 그어놓으면
오래도록 진한 여운이 남는다

여행할 때는 동반자를 잘 만나
서로 가슴을 열고 대화를 하고
서로 배려하며 섬길 줄 알아야 한다

여행의 분위기를 잘 만들고
같이 감동하고 함께 좋아할 수 있어야
좋은 여행을 할 수 있다

당신의 삶도 파노라마처럼
펼치며 살고 싶다면
여행을 하면서 갈 길을
파노라마처럼 펼쳐보라

슈농소 성

옛 성 슈농소에는
화려했던 권력의 위대함과
세월의 무상함이 공존해 있다

제아무리 위대하고 강한 권력도
세월이 흐르고 나면 빛바랜
유적으로 흔적이 남는다

하늘을 찌를 듯이 드높아
피 흘렸던 권세도 세월의 무상함에는
결국 허탈한 욕망과
욕심의 순간일 뿐이다

역사도 주인을 잃으면 방황한다
숨겨진 역사의 잔인함에
소스라치도록 놀랄 수밖에 없다

슈농소 성을 끼고
아무 말 없이 흐르는 강물은
세월을 마다하고 흐르며
인생의 허망함과 모순됨을 전해주고 있다

고성은 응축된 역사를

한눈에 보여주는데
성 주변 땅에는 발육 못 한
잡초들이 엉켜 붙어 자라고 있다

화려하고 아름다운 성 한구석에는
사람들이 까마득하게 잊어버리고 있는
늘 겉돌며 고통당한 사람들의
눈물과 한숨이 고여 있었다

슈농소 성 가로수 길

슈농소 성 가는 길에
줄지어 서 있는
키 큰 플라타너스 가로수 길

나무 한 그루 한 그루마다
세월과 비바람과 햇살이
잘 어우러져서 근사하게 조각한
생생하게 살아 있는 멋진 예술품이다

플라타너스들이 힘껏 팔을
쳐들고 있는 가로수 길을
걷는 순간부터 좋아서
목덜미가 왠지 간지럽고
마음이 안정되고 참 편안해진다

아주 늘씬하고 잘생기고
근사한 근위병들이
슈농소 성을 오랜 세월 마다 않고
한결같이 지키고 서서
찾아오는 방문객을 반겨주고 있다

프랑스 옛집에는

프랑스 옛집에는
나무 덧문이 있다

햇빛을 가려주고
소음을 막아주고
도둑을 방지하는 역할을 한다

창문마다
나무 덧문이 있는 것이
참 고상한 멋이 있다

나의 삶에도 덧문이 있어
닫고 싶을 때 닫고
열고 싶을 때 열었으면 좋겠다

들판의 소 떼

들판을 둘러보니
풀밭에 홀로 핀 야생화는
외로움에 빠져 있는데
소들은 아주 한가롭게 풀을 뜯고 있다

언덕의 푸름이 아름다운데
자유롭게 방목하며 기르는
소들이 행복해 보인다

무성하게 펼쳐진 풀밭에 마음껏
먹이를 찾아다니는 소 떼를 바라보는
내 눈동자도 행복하다

국토가 넓으면 가축도 짐승도
삶이 더 자유로워진다

마음이 좁아지면 속도 좁아지고
마음이 넓어지면 속도 넓어진다

여행과 짐

살아가는 동안
여행하는 동안
고단한 정신과
피곤하여 추레한 몸을 추스른다

여행을 하며 많은
짐을 싸고 풀어보아도
결국 아무것도
남겨놓지 못하는데
평생을 짐 꾸리고 풀며 산다

예술

이 지상의 모든 예술은
작가의 고독하고 외롭고
힘겨운 삶과 꿈과 생각의
손끝에서 이루어진다

어떤 생각을 하고
손끝을 어떻게 움직이며
선과 선 사이를
만드느냐에 따라 작품이 달라진다

심장이 멎은 뒤에도
작가들은 자신의 작품을
추억하고 싶을 것이다

프랑스 관광버스 투어

차창 밖 풍경들이 한순간에
눈에 들어왔다가
멀리 사라져간다

푸른 하늘에 떠 있는 흰 구름이
여행을 잘하라고 손짓을 한다

들판의 해바라기들이
가는 곳마다 반갑다고
머리를 흔들며 웃는다

자연스럽게 펼쳐진 풍경들이
멀리 달려가면 잡힐 듯하고
단 며칠이라도 머물며 살고픈
집들이 참 정겹게 보인다

여행 후에는 결국 아름답고
경이로운 것만 마음에 남는다

고흐 카페

화가 고흐가 그림을 그리다
밤늦게 고독에 젖어 찾았다는 카페

외로움을 견디지 못해
70도가 넘는 술을 마셨다는
고흐의 친구가 되어주었던 카페

예술은 외로움과 고독의 절정에서
더 위대해지고 빛을 발한다

고흐의 마음에
고독이 짙어갈수록
생각과 손끝에서
모든 빛깔이 살아났다

고흐를 그리워하는 사람들이
한잔 술을 마시고
위대한 화가의 마음을
사모하며 동경하고 있다

노르망디 생말로

제2차세계대전 때 노르망디상륙작전으로
파괴되었다 재건된
노르망디 해변 해적의 도시
생말로를 산책했다

아름다운 풍경 속을 걷고 있으니
행복함이 파도처럼 밀려오고
나무와 바닷바람 꽃들이 날라다 주는
맑은 공기에 폐까지 상쾌하다

대서양 바닷가에 골목골목이
잘 어우러져 있는 견고한 고성에 오니
왠지 그 시대 사람들이
갑자기 뛰어나와 환영해줄 것 같다

파리 서쪽 379킬로미터
랑스 강 하구 우안에 위치한 생말로는
한 시간 정도면 돌아볼 성이지만
12세기에 축조된 성이 있어 대단한 볼거리다

16세기에 캐나다를 탐험했던
카르티에가 거주했고
소설가 샤토브리앙이 태어난 곳 생말로

하염없이 쌓여온 세월의 숨결을 만난다

조수의 파도가 거세기로 유명해
1967년 랑스 강 어귀에 댐이 건설되어
조력발전이 시작되었다

오늘도 생말로를 향해
수없이 몰아쳐 와
하얗게 부서지는 파도 조각들
대서양의 파도처럼
오늘도 역사는 파도치고 있다

생말로를 바라보며

아주 매력적인 생말로를 바라보면
왠지 오래되어 빛나는 풍경에
더 깊은 감동을 느낀다

그 많은 세월 비바람과
모진 역사를 잘 견디며
의연히 자리 잡고 서 있는 모습이
너무나 사내다워 멋지다

오래된 고성을 사람들은 좋아하고
그리워하며 찾아온다
어쩌면 누군가 자신도 그렇게
기억해주기를 바라는 마음일지도 모른다

아름답고 운치 있는 고성에 전해지는
전설 같은 이야기를 생각하며
해변 성벽 길을 걸어보면
풍경이 베푸는 즐거움에 기분이 참 좋아진다

온갖 의구심을 갖고
생말로 성의 아름다운 풍경을 계속 보다 보면
가슴에 그리움으로 큰 구멍 하나 뚫린다

고성은 오래될수록 진가를 발휘하고
오늘 이 시대를 살아가는 사람들에게
뜻깊은 교훈을 전해준다

성벽 위에서 바다가 내려다보이는
역사적인 고성에서
오늘도 사랑과 낭만의 갖가지 이야기를
다 담을 수 없어 망각에 기대어본다

생말로 비바람 치던 밤

해 지는 생말로의 밤
폭풍우와 함께 몰아치는
비를 안 맞으려고
우산을 펴도 아무 소용이 없다

아내와 함께
호텔로 걸어가기도 힘들어
서로 안고 휘청거린다

비바람 속에서도 서로 의지하고
함께할 수 있음이 좋아
서로 바라보며 웃는다
사랑이 좋고 여행이 즐겁다

세월이 흐르고 나면
이토록 견디기 힘든 밤이
더 이야깃거리가 될 것이다

고통 속에서 얻은 기쁨이
더 매력 있고 찬란하다

인간에게 평화만 있고
낭만만 있으면

역사는 벌써 끝났을 것이다

시련과 고통과 절망이 있었기에
견디고 살아남아
새로운 역사를 만들어가는 것이다

노르망디 아침 해변

노르망디 말만 들어도 좋은
해변의 도시는 해안을 걸으면
상처 가득한 마음도 치유해주고
시를 쓸 수 있는 영감이 떠오르게 한다

세월이 흘러간 자리에 성은 세워져 있고
화폭처럼 아름답게 펼쳐진
해변 푸른 하늘에
뭉게구름이 몽실몽실 피어오른다

흘러가는 시간을 어찌할 수 없어
해변의 파도가 그리움을 밀고
자꾸만 내 가슴 쪽으로 다가온다

해변에는 수많은 나무들이 박혀
거센 파도를 조금이라도
막아주려고 애를 쓰고 있는데
출항을 꿈꾸는 항구의 배들은
준비가 된 모습으로 꿈틀거린다

해변의 바람이 가슴에 와 부딪칠 때
문득 더 열정적으로 살고 싶다

그토록 비참한 전쟁을 겪은 해변이
이토록 아름답고 평화로울 수 있을까
올곧고 강한 사람들이
평화를 이루어냈기 때문이다

그리움을 갖고 산다는 것은
그만큼 심장이 살아서 뛰고 있다는 것이다
보고 싶다는 것은
정이 그만큼 많다는 것이다
그리움은 언제나 친구가 된다

고독은

고독은 속이
까맣게 타들어 가는
절망이기도 하지만
예술가에겐
최고의 명작을 만드는
가장 소중한 시간이다

프랑스 운전기사

5일간 여행 동안 운전을 하던
프랑스 운전기사가
임무 교대를 하기 위해
떠나며 말했다

"여러분과 같이 여행할 수 있어서
정말 좋았습니다
남은 여행을 잘하시기를 바랍니다
여러분의 여행을 나의 나라 프랑스로
선택해주셔서 정말 감사합니다"

세월은

세월은
흔적을 남기고
기억을 남기고
추억을 남기고
죽음을 남기고
다시는 못 돌아오고
결국에는 잊혀간다

여행을 하면

끝없이 떠나가고
수없이 찾아오는 길을 찾아서
지친 마음을 털어내기 위하여
낯선 곳으로 멀리멀리 떠나는 여행은
설렘과 기대감이 충만하다

내가 늘 보던 시선에서
가벼운 마음으로 훌쩍 떠나
새롭게 다가오는 시선이 보여주는
새로운 만남이 주는 기쁨을
마음껏 만끽하는 것이다

늘 무언가를 갈망하며 살아가며
만족보다는 허전함이 남아
텅 빈 마음 한구석을 채우고 싶어
여행을 떠난다

빛과 어둠이 공존하는
삶의 갈림길에서 늘 서성거리다
짓누르는 피로감을 걷어내고 싶다

새롭게 만나는 것들이
마음에 희망을 싹트게 한다

아름다운 풍경들이
사랑과 낭만을
감동과 기쁨을 선물해준다

리옹 역 머큐리 호텔

늦은 밤 창밖으로 보이는 리옹 역 부근
빌딩 사이로 불빛과 가로등이
사이좋게 어두운 밤을 밝혀주는데
골목길에서 여행자들의
떠드는 소리가 실감 나게 들린다

내일 아침 리옹 역에서
기차를 타고 프랑스 북부로
여행을 하고 싶지만
여행의 일정이 끝나 돌아가야 한다

오늘은 프랑스 리옹 역
머큐리 호텔에서 푹 단잠을 자야 하는데
벤치에 앉은 어느 가족은
바게트를 서로 나누며 맛있게 먹는다

프랑스 여행이 희열을 느낄 수 있는
삶 중에 좋은 날을
나에게 찾아준 것이 참 행운이라
발걸음이 하늘을 나는 듯 가벼웠다

여행할 수 있는 시대에 태어남이 감사하고
나의 조국 나의 부모 나의 가족에게

진심으로 감사하고
늘 동행하는 아내에게도 감사하다

여행 중의 꿈속에서 고즈넉한 즐거움에
기쁨을 얻는 여행을 시작해야 한다
여행을 통해 초조함과 삶을 엉클어놓는
걱정과 근심으로부터 해방되어
즐거움을 다시 찾을 수 있다

사람들을 실은 기차는 역을 떠나고
아는 사람 없는 낯선 이국땅에서
사랑하는 사람과 함께 잠드는 시간은
꿈으로 여행을 떠나는 맛난 시간이다

여행의 마지막 밤

다리에 근육이 생기도록
마구 어디든지 쏘다니고 싶었던 여행
길 것 같은데 짧기만 한 여행도 끝내고
내일이면 일상으로 돌아간다

꺼놓았던 휴대폰도 다시 켜고
열심히 생존경쟁 속에서
뜨거운 열정으로 최선을 다해 일해야 한다

여행의 마지막 밤
아주 근사한 일이 있었으면 하는 생각이 든다

여행은 행복하게 놀며 쉬는 것
영원히 잊지 못할
아름다운 밤을 원한다

사람들은 여행을 통해
쉼을 얻고 동기부여를 하고
삶의 꿈과 희망을 만든다

여행이 끝나가는데
다음 여행을 벌써 생각한다
또다시 여행하고 싶어 하는

깊은 병은 독하게 들어도 좋을
아름다운 중독이다

발바닥 닿은 곳마다
아름다운 광경에 매료되었던 여행은
삶에 활력을 주고
새로운 원동력을 채워주었다

여행의 끝에는

여행하는 동안 사랑에 빠진 듯
심장이 뜨겁게 박동했다
여행의 끝에는 행복 가득한 보람과
애잔한 아쉬움이 남는다

여행을 잘했으면 하는 아쉬움도 있지만
돌아가야 하는 마음속에
만족한 마음이 더 강하다

여행할 수 있는 건강과 시간적 여유
어떤 망설임도 없이 떠나온 것
모든 것이 감사하고 고맙다

늘 다시 오고 싶고
떠나고 싶은 것이 여행이다
할까 말까 망설이지 말고 떠나야
결코 후회하지 않는다

인생은 결코 반복할 수 없다는
아쉬움과 야박함이 있지만
여행은 살아 있는 동안
반복해도 좋을 행복함이 있다

여행 중에 만난 아름다운 곳들이
내 심장을 뜨겁게 강타했다
여행은 끝나고 돌아오면
며칠만 지나도 모든 기억이 사라진다

집으로 돌아가면 돼지고기 듬뿍 넣은
김치찌개 국물 훌훌 마시며
따끈한 쌀밥 한 그릇부터 먹어야겠다

늘 함께 기뻐하고 아파하고
감동하며 살아가는 아내와
여행에 동행할 수 있어 참 행복하다

남미 여행

| 시인의 말 |

새로운 변화를 느끼고 싶어
가슴 조이며 기다렸다가 떠나는 여행이다.
남미로 여행을 떠나보면 내 가슴을 스치고 지나가듯
가는 길마다 추억이 꽃피고 생동하게 추억이 남을 것이다.
힘들고 지쳐 피로가 쌓일 때 두근거리는 마음으로 기대를 하고
머릿속에 그려오던 여행을 떠나면
역사를 만나고 꿈을 만나고 내일을 만난다.
가슴을 가로지르던 승부욕도 버리고
무심하고 답답한 마음 훌훌 털어버리고
끝없는 피로 속에 지친 고단한 몸과 마음에
휴식을 주기 위해 여행을 떠난다.
여행의 즐거움을 황홀하게 느끼는 순간순간마다 행복을 느낀다.
잘 살아오지 못한 삶이라면 더 잘 살아보려고
가쁜 숨 몰아쉬며 살던 삶 어깨의 짐을 잠깐이라도 내려놓고
편안하고 훈훈하게 살려고 여행을 훌쩍 떠난다.
눈물과 시련의 세월도 훌쩍 벗어버리고
여행을 떠나 마음속 공간에 행복과 사랑과 희망을 가득 채운다.
내일을 위해 여행을 떠난다.

기대가 많으면 실망도 크다지만 가는 곳마다 자세히 살피며
숨겨진 풍경을 찾아내어 구경하면 재미가 쏠쏠할 것이다.

여행의 시작

늘 생활하던 익숙한 곳에서 떠나
낯선 곳을 찾아가는 새로운 탐험이
여행의 시작이다

여행을 하며 세계 곳곳에 있는
아름다운 자연의 풍경과
오래된 문화재와 유물과 박물관을 본다

그동안 보지 못했던 것들을 보면서
새로운 발견과 체험 속에 피로를 풀고
행복한 시간을 갖고 싶다

날마다 반복되는
삶의 지루함을 던져버리고
몸과 마음을 여행이란 글자 속으로
풍덩 던져버리고 싶다

여행을 떠날 때마다
왜 이렇게 설레고 좋을까

여행 속으로 빠져드는 것은

여행 속으로 깊이 빠져드는 것은
참으로 낭만과 멋이 있는 일이다
여행의 힘이 얼마나 강렬하고 대단한지
오늘도 세계 곳곳에서
수많은 사람이 떠돌며 여행을 하고 있다

새로운 것을 만나는 기쁨과 자유로움과
여유로운 휴식 시간이
참 마음을 편하게 만들어놓는다

삶 속에서 갈 길을 잃고
방향이 잘 안 잡힐 때
전화도 끊고 모든 것을 단절한 채
여행에만 집중해본다

여행을 갔다 온 곳은
눈을 감고 생각하면
늘 내 곁으로 찾아와 추억이 되어준다

여행은 늘 삶에 깊은 인상을 남겨주고
흥미와 재미가 넘치는 이야기를 만들어준다
여행은 삶의 디딤돌이 되고
삶의 가치를 높게 만들어준다

여행을 떠나는 것은

여행을 떠나는 것은
누구나 이루고 싶은 꿈이며 갈망이다
사람들에게 무엇을 하고 싶냐 물으면
대부분 여행을 가고 싶다는 말이 많다

중남미 여행을 하면서
글이 자꾸만 마려워서
소낙비처럼 쏟아져 내리는 시를 썼다

여행을 하면 할수록
참 야릇하고 짜릿한 즐거움이 있어
맛과 재미가 있는 추억을
아름답게 수놓아 준다

여행은 장소만 옮기는 것이 아니라
마음까지 움직여야만
재미있고 즐거운 여행이 된다

여행은
살면서 늘 꽉 잡고 싶었던 것들을 놓아두고
편안한 마음으로 자유롭게 떠나는 것이다

상파울루 노보텔

세계에서 도시인구가 가장 빨리 늘어나고
남미에서 최고의 상업도시이며
"브라질을 이끄는 기관차"라는 별칭을 가진
도시가 바로 상파울루다

브라질 고원과 대서양 사이의
마르 산맥의 구릉지에 세워진 상파울루에서는
아냥가바우에 위치한 노보텔에 여장을 풀었다

호텔은 고급스럽지 않은
아주 평범한 호텔로 누구나 하루쯤은
부담 없이 머물다 갈 수 있는 곳이다
로비에는 영국 여왕, 소피아 로렌 등의 사진이 붙어 있다

호텔 방은 크지 않았지만
떠도는 여행자가 묵고 가기에 전혀 불편함이 없었다
호텔 창문으로 상파울루 시내를 바라보고
오가는 사람들을 바라보며
이번 남미 여행에 큰 기대감과 호기심을 가졌다

여행의 노독을 풀기 위하여
시원하게 샤워를 하고 단잠에 빠졌다

아침 식사는 간편하게 차려졌지만
식욕을 채우기에 충분했다
먼저 과일과 빵, 커피가 입맛을 당겼다

모닝커피가 아주 맛있어
한 잔을 더 마셨다

브라질 상파울루

브라질은 인구가 2억 명이 넘고
포르투갈어를 쓰며 연방공화국으로 구성되어 있다
브라질이란 이름은 "불타는 숯처럼 붉은 나무"라는
뜻을 가진 나무의 이름에서 유래되었고
수도는 브라질리아이며 가톨릭교 국가다

인천국제공항에서 로스앤젤레스 공항을 경유하는
오랜 비행 끝에
사도 바울의 이름으로 불리는
브라질의 최대 도시 상파울루에 도착했다

1532년 포르투갈인들이
상비센치에 정착촌을 세웠지만
1681년 상파울루로 이름이 바뀌었다

인천국제공항을 출발하여 장장 25시간의
기나긴 비행 여정이었지만
기대감에 지루하지 않았다

한국에서 이민 온 5만 명의 교포들
그들의 일부가 상파울루 역 근방에 상점을 열고
여성 의류를 팔고 있다
우리 민족은 세계 어디를 가나

열심히 살고 잘 적응해나간다

구시가지에는 옛 건축물이 서 있고
신시가지에는 새로운 건축물이 들어서 있지만
온갖 낙서가 건축물과 거리를 더럽히고 있다

시민들이 도시를 잘 정돈하고 가꾼다면
사람들에게 더 사랑받고 더 찾고 싶은
아름다운 도시가 될 것이다

빈부 격차가 심해서인지
공원과 거리에는 버려진 사람들이 많았고
지저분한 느낌이 들고 사람들은 생기가 없고
침체되어 있는 느낌을 받았다

도시의 이름이 참 아름답게 다가와
멋진 낭만의 도시로 연상했는데
느낌이 전혀 달랐다

사람은 두려움을 물리치고
용기와 희망을 가질 때
자기의 주변을 아름답게 꾸며나간다
희망을 잃으면 모든 것을 잃는다

사람이 사는 곳은 그곳에 사는 사람들이
도시를 얼마나 사랑하고 아끼느냐에 따라
그 모습이 달라지는 것이다

상파울루 대성당

상파울루의 시작점인 중심부 1번지에
상파울루의 얼굴로 통하는 유명한 성지인
상파울루 대성당이 우뚝 서 있다

푸른 하늘 아래
성당 주위에 야자수들이 가득해
남미인데도 유럽에 있는 듯한
이국적인 풍경을 만들어놓는다

인근에 지하철이 다니고
관광객들이 많이 찾아오는 아주 유명한 성당이다

성당 내부는 유럽처럼 화려하지 않고
스테인드글라스로 잘 장식되어 있고
성당 안의 조각과 그림은
각기 다른 모양으로 그려지고 새겨졌다
그곳에서 잠시 기도를 드렸다

평일임에도 많은 사람이
조용히 묵상하고 기도를 드리며
순수한 신앙의 모습과
하나님의 복음을 보여주고 있다

성당 앞에는 걸인들이 많은데
봉사 단체에서 밥을 나누어주고 있다
일할 의욕을 상실하고 가족을 잃고
고향을 잃은 사람들이 방황하고 있다

이 세상 어느 곳이나
정착하지 못하고 떠도는 사람들이 많아
신앙이 필요하다는 것을 간절히 느낀다

상파울루 지하철역

아름답고 고풍스런 건물로
예전에는 기차역이었는데
지금은 지하철역으로 바뀌었다고 한다
브라질 사람들과 여행객들이 이곳을 통해
브라질 여러 곳으로 빠져나간다

지하철역에는 출근 시간이 지나
사람들이 그리 많지 않았고
북적거림도 없어 한산했다

건물이 아름다우면
왠지 그곳에 사는 사람들도
아름다운 마음을 가지고 살 것 같다

아름다운 건물 한 채라도
잘 지어지고 쓸모가 많으면
사람들에게 많은 것을 선물해준다
사람들의 진실하고 따뜻한 마음도
주변 사람들에게 많은 것을 선물해준다

동행한 여행자들이 사진을 찍는다
사람들은 추억과 흔적을 남기려고
아름다운 곳들을 찾아 여행을 떠나는 것이다

부정을 저지르는 사람들

나라마다 빈부의 차가 심한 것은
정치인들의 부정부패가 원인이 되기도 한다

권력과 재산이 많으면 많을수록
갖고 있는 모든 힘과 능력을 총동원하여
권세를 휘두르고 싶어 한다

눈앞에 죽음이 다가오는 것을 뻔히 알면서도
부정의 결과를 분명히 읽어놓고서도
기회만 되면 놓치지 않고 부정과 부패를 저지른다

탄로가 나고 발각되어 많은 사람으로부터
지탄을 받고 감옥에 가고
역사 속에 평생 나쁜 인상으로 남는 것을 알면서도
오늘도 망설이지 않고 부정을 저지른다
그러므로 인간은 자신을 스스로 들여다볼 수 있는
성찰의 시간을 늘 가져야 한다

어떻게 사는 것이
가장 인간답고 가치 있는 삶을 살아가는 것인지
질문을 던지면서 살아야만
인생의 진실한 답을 스스로 얻을 수 있다

리오 해변

코파카바나에서 이파네마까지
태양의 햇살이 강렬하게 타오르는
정오의 리오 해변은
야자수 그늘 아래 아주 고운 모래가
끝없이 아름답게 펼쳐진다

리오 해변은 브라질인들의 열정과
숨결이 넘치는 곳이다
40도가 넘는 태양의 열기를 자랑하며
5킬로미터나 되는 긴 해변이
완만한 곡선을 이루고 있다

해변의 어느 곳에서 바라보아도
전체가 한눈에 들어오고
모래밭은 비키니 수영복 차림의
수많은 인파로 가득 차 있다

해변에서 밀려오는 파도를 보는 순간
온몸의 피로가 한순간에 사라졌다
해변으로 밀려오는 파도에 몸을 실으며
즐거워하는 사람들의 모습이 행복해 보인다

한여름 날 해안을 따라 길게 펼쳐진 해변에서
더위를 식히는 사람들의 모습이

참 여유롭고 평화롭게 느껴져
바닷물 속에 풍덩 빠져버리고 싶었다

리오 해변은 찾아온 사람들에게
아름다운 풍경을 찍게 해주고
그곳에 머무르고 즐기게 해주고
낭만과 멋을 마음껏 선물해주고
상상을 현실로 만들어주는
정말 아름답고 멋있는 곳이다

리오 쉐라톤 호텔에서

깊은 잠에서 깨어난 이른 새벽에
어둠은 더 머물고 싶은
미련이 남아 아직 떠나지 못하고 있다
어제 본 아름다운
코파카바나 해변과 이파네마 해변이
머릿속에 한순간 펼쳐진다

해변에 파도가 몰아칠 때마다
새로운 시간을 몰고 온다
아름다운 곳은 마음속에
아주 오랫동안 추억으로 자리를 잡는다

시간 속을 걸으며
여행을 하며 만나는 곳마다
추억을 많이 만들어가야 한다
삶의 시간이 점점 더 줄어들기 때문이다

여행을 통해 넓은 세상을 알아간다는 것은
흥미가 넘치는 게임과 같이 즐거운 일이다

슈거로프 산 케이블카

슈거로프 산으로 향하는
케이블카를 타고 산 정상으로 올라갔다

"높이 솟아오른 꼭대기"라는 뜻의 투피어와
"정제된 설탕을 쌓아놓은 모양"이라는 뜻의 포르투갈어가
비슷하게 보여 슈거로프 산이라고 불리게 되었다

슈거로프 산은 그 모양이 마치
바게트 빵과 같다고 하여 빵산으로도 불린다
1884년에 최초로 등산 열차가 운행되었고
케이블카는 1912년부터 운행되었다

산 정산에서 바라보면
레드비치 해변과
세계 3대 미항 중 하나인 리우 항과
그 주변 도시를 볼 수 있다

눈앞에 그림처럼 펼쳐지는
아름다운 해변을 보니 가슴이 벅차올랐다
별장처럼 멋진 집들을 바라보고 있으면
여행자만이 누릴 수 있는 기쁨이 전해진다

여행할 수 있는 사람들은

삶을 열심히 살아온 사람들
행운이 찾아온 사람들
이 땅에 살면서 천복을 누리는 사람들이다

브라질 사람들

브라질 사람들이 삼바 축제와
축구를 좋아하는 이유가 있다
2억 명이 넘는 전체 인구 중에
40프로 가까이가 문맹자이며
자기 이름도 모르고 살아간다

국민의 상위 3프로가 절대 권력과 부를 누리고
그것을 대물림하며 빈민들은 갈 수 없는
사립학교에 많은 학비를 써가며
자녀들에게 차별된 교육을 시킨다

빈민들과 서민들은 부족한 학업과
빈궁한 생활로 극한 상황에 내몰려
무허가 집을 짓고 가난하게 살아가고 있다

그들은 자신들의 초라한 삶을 대변해주는
축구와 삼바 축제에 온몸과 마음을 던지고
소리를 지르며 열광에 빠져든다

단조롭기만 한 평상시에는 기뻐할 일이 별로 없어
축구와 삼바 축제에 목숨이라도 건 듯
모든 욕망을 표출하며 살아간다

브라질의 정치가들은 사람들의
국민 의식을 새롭게 변화시켜야 한다
모든 국민과 그중에서도 청소년들이
내일의 꿈과 희망을 갖고
배움을 이루어갈 수 있도록
생각과 행동에 변화를 일으켜야 한다

상파울루 거리에서 동상을 만나다

여행을 하다 보면 수많은 동상을 만난다
어떤 인물인지 설명을 듣거나 살펴보지 않으면
누구인지도 모르고 스쳐 지나간다

우리나라 거리를 지나갈 때도 마찬가지다
같은 나라 같은 도시 같은 동네에 살면서도
서로 모른 채 살아가고 있는 것이다

모든 사람이 그렇다
관심이 없고 표정이 없으면
살아 있는 삶이 아니다

동상에 아무런 표정이 없는 것은
주인공은 이미 세상을 떠났고
동상 속에는 심장이 없고
살아서 피가 흐르고 있지 않기 때문이다
그래도 수많은 사람이
죽어서라도 동상으로 세워지기를 바라며
오늘을 살아가고 있다

사람들은 역사를 새롭게 변화시킨 사람들을
기억하고 그리워하고 존경하며
그들처럼 살고 싶어 한다

쉐라톤 호텔의 모닝 블랙커피

태양이 떠오른다
사람들은 날마다 아침이면
떠오르는 태양을 바라보며
희망을 갖는다

파도치는 아침의 해변을 바라보며
아침 식사와 함께 블랙커피를 마신다

해변에 사람들이 찾아오고
파도치는 바다에
수영하는 사람들이 보인다

해변에서 바다를 바라보면
파도치는 모습이 꼭
우리 삶의 모습처럼 보인다

바다 멀리 보이는 섬들이
한 폭의 그림처럼 한가로워 보인다

사진을 찍기보다
마음을 표현하기 위하여
한 편의 시를 쓴다

리우 메트로폴리탄 대성당

시멘트 공법으로 지은
이제까지 본 적이 없는
기존의 성당 건축물에 대한 인식을 싹 바꾸어놓은
원뿔형 모양의 높은 지붕이 참 독특하다

리우 메트로폴리탄 대성당은
수호성인 세바스찬을 기념하기 위하여
성스럽고 아름답게 지었다

천장에는 대형 십자가가 매달려 있고
시멘트 벽 사이의 사면은 64미터 길이의
아름다운 스테인드글라스로 장식되어 있어
그 독특함이 상상을 뛰어넘는다

성당 내부는 직경이 96미터, 높이가 75미터로
전통이 있는 오래된 성당에서는 전혀 찾아볼 수 없는
기존 건축양식에서 탈바꿈한
현대식 성당의 한 모습을 보여준다

예수 그리스도를 믿고 따르는
8천 명가량의 성도들이
이곳에서 겸손하고 간절하게 미사를 드리고
상처받은 마음을 치유받을 것이다

고통과 질고 속에서
신음하던 많은 사람이
이곳에서 기도하고 치유받고
주님의 응답을 받을 것이다

세계 어느 곳이나 빈부 격차는 커가고
모든 것을 상실한 사람들은
삶의 부족함을 호소하고 구걸하며
생명을 겨우 이어가고 있다

이 시대에 꼭 필요한 것은
사랑과 믿음과 나눔과 봉사이며
예수 그리스도를 향한 신앙의 고백과 함께
사랑을 나누는 삶은 믿음을 행동으로 옮기는 삶이다

낙서

남미 도시 곳곳의 수많은 낙서는
도시의 미관을 더럽히고
지저분하게 만들어놓고 있다

낙서는 불만의 표현인가 장난인가
아니면 낙서도 예술 장르의 하나인가
낙서는 도시의 벽과 건물 지하도 곳곳을
지저분하고 침울하고 어둡게 만든다

낙서하는 것이 자랑이라도 되는 듯이
올라가지도 못할 만큼의 높은 건물과
다가가기도 힘든 벽과 특이한 건물들에는
여지없이 낙서가 많다

낙서를 하는 것이
자신에게는 그럴듯한 쾌감일지 모르지만
생각해보면 자기 얼굴에 낙서하는 것과 같다

다른 사람들이 애써 만들고 가꾸고
생활하는 곳을 지키고 보존하는 것은 당연하다
함부로 낙서해서는 안 된다
낙서를 아무 곳에나 함부로 하기 전에
상대방의 입장에서 생각해봐야 한다

누가 가만히 서 있는 당신의 얼굴에
낙서를 한다고 생각해보라
기분이 어떨지 상상해보라
우리가 사는 곳 살아갈 곳은
아름답고 청결해야 한다

여행 가이드 1

여행을 제대로 잘하고 싶다면
해박한 지식으로 안내해주는
성실하고 마음 좋은 가이드를
잘 만나야 한다

가이드 중에는 여행지 이야기보다
자기 신변과 가족 이야기 또는
지나친 성적 유머에 대해
많이 말하는 사람이 있다

전설을 사실처럼 이야기하고
사실을 전설처럼 꾸며 이야기하는 가이드가
화술도 좋고 유머 감각도 있어
여행지 정보를 잘 알려줄 때
여행자들은 여행을 한층 더
기쁘고 즐겁게 할 수 있다

쓸데없는 나라 비판과 자기주장을 앞세우고
억지로 나온 듯 성의가 없고
늘어진 말투로 설명할 때에는
여행의 맛이 사라진다

하지만 전 세계에는 성의를 다하고

열심을 다하는 가이드들이 많아서
해마다 여행하는 사람들이 늘어나고 있다

여행 가이드 2

여행을 하다 보면
조국에 대해 지나치게
비판적인 가이드를 만날 때가 있다

그런 사람들은 대부분
국내에 살 때도 적응하지 못하고
현지에서도 잘 적응하지 못해
얼굴에 행복이 보이지 않는 사람들이다

얼굴이 일그러지고 분노가 가득해
가이드도 제대로 못 하면서
기회만 있으면 비판을 일삼는다

자신은 오래전에 떠나온 나라이지만
자신의 조국에서 여행 온 사람들에게
쓸데없는 비판과 비난을 일삼으며
잘난 것처럼 우쭐거리면 마음이 불편해진다

조국을 떠나 해외에 있을수록
조국을 사랑하고 아끼고
조국의 미래를 축복할 줄 아는 마음이
진정으로 박수 받을 만한 것이다

떠나온 조국을 비판하고
현지에서도 적응하지 못하면
국제 미아가 될 수밖에 없다

자신의 일에 충실한 사람은
쓸데없는 비난을 할 시간이 없다
한국인이라면 언제나 조국을
아끼며 사랑하는 마음을 가져야 한다

여행에서

풍경이나 박물관이나
그 어떤 것들도 잘 보아야
느낌이 살아난다

느낌이 있어야
감동이 생겨난다

감동이 넘쳐야
아름다운 추억이
오래도록 잊히지 않고
가슴에 남는다

브라질 빈민가 1

브라질에는 곳곳에 빈민가가 많아
수많은 사람이
표정 없는 얼굴로 다니고
가난의 고통에 신음하며 시달리고 있다

도시 곳곳이 무허가 건물로 넘쳐난다
사람들이 무작정 시골에서 도시로
일자리를 찾아 몰려드는 것이다

가난한 사람들이 빈곤하게 살고 있는
빈민가는 갱이 지배한다고
가이드가 말했다

마을마다 강한 권력을 휘두르는 두목이 있어
그들에게 함부로 반항하면
목숨까지 잃게 된다고 한다

가난의 고통도 견디기 힘든데
그들을 괴롭히는 존재까지 있다니
참으로 불행한 사람들이다

생각과 행동을 뛰어넘지 못하고
늘 그 타령으로 살며 깨닫지 못하고

벗어나지 못하는 사람들이
오늘날의 빈민들이다

신이 허락한 낙원에서 쫓겨난 인간은
불행히도 더 처절하게
고통을 당하며 살아가고 있다

브라질 빈민가 2

지금 세계 어느 나라에서나
빈민가가 만들어지고 있다
경제가 발전하고 부흥을 하고
과학이 급속도로 발달하고 빌딩이 높아가지만
빈부의 격차를 막을 방법을 찾지 못하고 있다

빛과 그림자만큼이나
빈부의 격차가 날로 심해지고 있다

교육의 차이, 재능의 차이,
노력의 차이, 능력의 차이가
현실에 적응한 자와 부적응한 자를 만들고
그 차이에 따라 수입이 다르고 수입의 차이에 따라
삶의 모습이 천지 차이로 달라진다

사치가 극에 달한 사람들이 있는가 하면
몸이 아파도 치료하기는커녕 하루 세끼도 해결 못 하고
기대어 살 수 있는 처소 하나 없는 사람들이 생겨나고 있다

급변하는 현실 상황에서
적응하지 못하고 도태되는 사람들이
점점 더 많아지고 있는 것이다

내일이 없는 사람들
희망이 없이 절망에 빠진 사람들이
세계 곳곳에서 날마다
점점 더 늘어나고 있다

리우데자네이루 공항에서

어디로 가는 사람들일까
낯선 이국땅에서는
더더욱 아는 사람이 하나도 없다

모두 다
머물다 떠나는 사람들
갈 곳을 찾아 떠나는 사람들이다

낯선 공항에는
매일 다른 사람들이 찾아와서
잠시 머물다 떠나간다

매일매일 다른 사람들이 찾아와
저마다의 행선지를 향하여
비행기를 타고 날아간다

인생도
비행기를 타려는 공항과 같다

인생이란 언젠가는
모두 다 떠나야 할 곳으로
떠나는 나그네들이
모였다 흩어지는 대합실이다

어느 누구 하나
다음에 어디로 갈지 말하지 않아도
그들은 자신의 갈 길을 찾아가고 있다

식사

식사를 하기 전에
늘 감사의 기도를 드릴 수 있는
진실한 마음을 가져야 한다

자기 자신의 노력의 결과로
잘 차려놓은 식탁일지라도
늘 감사해야 한다

주신 이도 하나님이시요
거두시는 이도 하나님이시다

음식이 만들어질 때까지
땀 흘리며 수고한 사람들
농부와 어부와 가축을 기르는 사람들의
수고의 덕택임을 결코 잊어서는 안 된다

아직도 가난과 궁핍과 전쟁과 기아로
굶주리며 사는 사람들이 있다는 것을
결코 잊어서는 안 된다

음식을 낭비하거나 지나치게
탐심을 갖는 것도 잘못된 습관이다
감사는 마음을 풍요롭게 해주고

수많은 것을 선물해주는 아름다운 마음이다

자신에게 주어진 음식에
감사할 줄 모르는 사람은
인간미가 없는 사람이다

삶의 진정한 기쁨은 감사할 수 있는
마음에서 시작된다

코르코바도 산의 구원의 예수상 1

케이블카를 타고
해발 704미터의 정상에 오르면
양팔을 벌리고 자비로운 모습으로
리우를 바라보고 서 있는
구원의 예수상을 만날 수 있다

이토록 높은 산 정상에
왜 거대한 예수 그리스도상을 세웠을까
보이지 않는 주님을 형상이라도 만들어
그분이 곁에 있음을 믿고 싶었을 것이다

구원의 예수상을 보기 위해
올라가는 길은 힘들었지만
바라보고 돌아가는 길은 행복했다

리우데자네이루의 상징으로 잘 알려진
구원의 예수상은
브라질 독립 100주년을 기념하여 세워졌는데
높이가 39.6미터, 양팔의 폭이 30미터라고 한다

구원의 예수상 아래에 작은 성당과 기도실이 있어
사람들이 경건하게 묵상과 기도를 하는 시간을 갖는다
믿음을 가진 사람들은 예수상을 바라보며 감동하고

가슴이 찡하여 눈물이 그렁그렁할 것이다

예수 그리스도께서
우리를 얼마나 사랑하고 계시는지 알 때
믿음의 고백과 감사의 기도가 터져 나오는 것이다

항상 우리와 함께하실 것이라는 주님의 마음을
영혼 깊이 새겨놓은 사람들은
자신의 삶에 주님이 언제나 동행하심을 느끼며 살 것이다

코르코바도 산의 구원의 예수상 2

구원의 예수상은 하나님의 자비하심과
인간을 사랑하시는 모습을 보여주고 있다

얼마나 간절하고 절박한 심정이었으면
산꼭대기에 예수 그리스도 상을 세워놓고
상처받은 마음이 위로받기를 원했을까

삶에 고통이 있는가?
예수를 바라보라!

삶에 아픔이 있는가?
예수를 바라보라!

삶에 질고가 있는가?
예수를 바라보라!

마음에 병이 있는가?
예수를 바라보라!

마음에 근심이 있는가?
예수를 바라보라!

마음에 걱정이 있는가?

예수를 바라보라!

구원의 예수상을 찾아와 바라보는 많은 사람이
자신의 신앙을 되돌아보고
상처의 아픔과 고통의 쓰라림을 치유받아
용기와 희망을 갖고 돌아갈 것이다

예수 그리스도의 구원의 눈빛이 온 세상에 가득하다
지상의 사람들 중에 예수를 만나 믿고 따르는 사람들은
생명의 구원을 받고 축복받은 사람들이다

지상의 사람들 중에 구원받고 천국에 초대된 사람들은
영원한 생명의 세계에 초대받은 복 있는 사람들이다

코르코바도 산의 구원의 예수상 3

왜 사람들은 예수 그리스도상을
산꼭대기에 세웠을까
신앙의 힘을 잃어갈 때
사람들에게 무언가 보여주고 싶었을 것이다

절실한 만큼 간절한 만큼 하늘 가까이서
하나님의 존재를 느끼고 싶었을 것이다

왜 사람들이 예수 그리스도상을
사가지고 돌아갈까
일상의 삶 속에서도 늘
예수 그리스도를 가까이 느끼고 싶었을 것이다

높이 바라다보이는 예수 그리스도와
가까이서 보는 예수 그리스도는
전혀 다르게 가슴에 다가오기 때문이다

예수 그리스도상을 바라보는 것만으로도
예수 그리스도를 만난 듯
심장에 깊은 감동을 느낀다

나를 본받고 따르라는
주님의 자비로우신 음성이 들린다
예수 그리스도는 진정

우리의 구원자가 되시는 하나님의 아들이시다

우리의 갈 길을 인도하시고
늘 함께하시는 주님을 믿고
주님과 동행하며 사는 사람들은
모두가 행복하고 축복받은 그리스도인들이며
거룩한 하나님의 백성이다

코르코바도 산의 구원의 예수상 4

바라보아라!
그리고 예수 그리스도께서 당신에게
무슨 말을 하시는지 들어보아라

당신의 모든 삶의 질문에 해답을 주시는
주님의 인도하심을 받으면
모든 죄와 문제가 해결되고
새롭게 변화가 일어날 것이다

예수 그리스도의 사랑하심과
인자하심과 긍휼하심은
인간의 모든 문제의 해답이 된다

바라보아라!
예수 그리스도께서 어디를 바라보시는가

당신의 모든 삶을 있는 그대로 보고 계신다
당신이 저지른 모든 죄는 숨길 곳도 감출 곳도 없다
다 쏟아놓고 그분의 보혈로 용서받으라

당신의 모든 것을
구원자 예수 그리스도께 의탁하라
주님은 당신의 모든 것 중에
모든 것이 되신다

이구아수 마부 호텔에서 1

밀림에서 보는 아침에 떠오르는
태양의 얼굴이 매우 밝고 붉다

이구아수 지역은 공기 중에 산소가 많아
맑은 공기가 가득하다
하늘도 밤새 얼굴을 깨끗하게 씻었는지
푸르고 깨끗하다

호텔의 정원을 산책하며
코끝에 다가오는 신선한 공기를
가슴 깊이 담는다
맑은 공기를 마음껏 마시니
기분이 한결 상쾌해진다

여행하는 기쁨을
심장이 깊이 느끼는 아침
찬란하게 떠오르는 태양이 만드는
붉은 빛이 아름다운 빛을 선물해준다

이구아수 지역은 환경이 좋아
과일도 잘 자라고 맛이 좋다

호텔 식당에서 한 잔의 커피를 마시며
삶의 기쁨을 느끼는 아침

앞으로도 삶의 기쁨을
더 깊이 느끼며 살고 싶다

이구아수 마부 호텔에서 2

여행자에게 쉼터는 매우 중요하다
어떤 곳에 머물다가 떠나느냐에 따라
피로가 풀릴 수도 있고
몸이 찌뿌드드할 수도 있다

이구아수 지역은 공기가 아주 맑아
착한 공기를 들이마시면
폐가 세척이라도 된 듯
기분이 상쾌하고 명쾌해진다

이구아수 지역은
브라질의 작은 도시이고 시골이지만
맛있는 과일과 물이 아주 풍부하다

호텔에서 샤워를 하며
여행의 피로를 다 풀어낸 후에
아무런 근심과 걱정 없이
여행의 일정에 몸과 마음을 맡긴다

마부 호텔에서 단잠을 자고 일어나
기분 좋게 다음 여정을 기다린다

행복한 기분으로 모닝커피를 마시고

사랑하는 사람과 정다운 이야기를 나누며
정과 사랑의 두께를 더 두텁게 한다

아침에 기분이 좋으면
하루 종일 하는 일이 잘되고
기분이 좋다

여행의 동반자 1

여행을 하는 동안에
동반자를 잘 만나야 한다

지나친 명품족을 만나거나
학연, 지연, 돈 자랑을 일삼는 사람을 만나거나
술을 지나치게 많이 마시거나
음담을 하거나 지나치게 튀거나
거만하거나 교만한 사람을 만나면
여행이 불편해진다

여행을 하는 동안에 서로 배려할 줄 알고
웃음이 있고 정겨운 사람을 만나면
대화를 나누기도 편하고 금방 친숙해질 수 있다

여행을 하는 동안의 동반자는
삶의 한순간의 동반자다
기왕이면 서로 좋은 사람들을 만나야
편안한 마음으로 즐겁게 여행을 할 수 있다

상대방에게 먼저 원하기보다
자신이 먼저 다른 사람들에게
편안한 사람이 되어야 한다

여행의 동반자 2

여행 중에 동반자로
당신을 만난 것은 행운입니다

살아가며 동반자를 잘 만나는 것은
축복이며 행운입니다

마음과 느낌이 통하는 사람과 여행하는 것은
대단한 즐거움이며 기쁨입니다

여행 중에 당신이 했던 말들
재미있고 즐거웠으며
당신의 관심과 배려와 친절에
감동했습니다

우리의 여행은 끝났지만
여행의 흔적이 지워지기 전에
다시 한번 만나 여행을 이야기하며
회포나 풀어봅시다

이구아수 폭포 1

세계 제1의 폭포 이구아수 폭포
이 거대한 폭포의 시작은 어디이고
끝은 어디인가

브라질과 아르헨티나의 국경에서
살아 흐르는 생명의 물을 콸콸 쏟아내고
직경이 4킬로미터에 걸쳐 있고
최대 82미터를 곤두박질하며
275개의 폭포를 만드는 이구아수 폭포는
지상 최고의 장관을 연출하고 있다

한없이 쏟아져 내리는
물줄기를 바라보고 있으면
당장이라도 빨려 들어갈 것 같은 느낌에
물이 얼마나 위대한가를 알 수 있으며
폭포의 진가와 진미를 느낄 수 있다
엄청난 물이 쏟아져 내리며 나는
크나크고 우렁찬 낙수 소리가 명쾌하다

아무리 오랫동안 바라보고 있어도
전혀 싫증이 나지 않아
신비로움에 탄성이 절로 나온다

폭포를 떠나도 머릿속에 계속 들려오는
끝도 없이 펼쳐지며 쏟아지는 물소리가
여행의 즐거움을 선물한다

폭포의 매력에 빠져 있는 동안
그동안 쌓였던 피로와 삶의 지루함이
한순간에 사라져버리고
기분이 아주 좋아진다
여행은 이런 맛에 하는 것이다

이구아수 폭포 2

세계 제1의 관광 명소
지상 최대의 자연경관으로 불리는 이구아수 폭포는
한눈으로 보기에 벅찰 정도로
엄청난 물을 쏟아내고 있다

살아 있는 자연은 한순간도
고정되어 있거나 멈추지 않는다
살아서 움직이고 달아나고 쏟아져 내린다

자연은 살아 움직이는
생동감이 넘치는 생명이다

이구아수 폭포를 하나씩 하나씩 바라볼 때마다
그 장엄함을 감당할 수 없어
심장이 쿵쿵 뛴다

모든 열정을 다 쏟아내는 폭포를 바라보며
살아 있는 행복을 느낀다

자연도 이토록 멋지게 살아서 움직이는데
인간이 제 역할을 하지 못한다면
허수아비와 다를 것이 무엇인가

생명력과 격동과 자신감이 넘쳐
신나게 살아야 한다
인간은 살아 있는 생명
하나님이 주신 성스럽고 고귀한 생명으로
살아가는 것이다

아르헨티나 국경 화장실

아르헨티나 국경은 군인들이 관리해서 그런지
분위가 몹시 딱딱했다

국경의 출입국관리소는
그 나라의 첫인상과도 같은 곳인데
화장실은 지나치게 더럽고 냄새가 났다

군인들이 모든 일을 철저히 해야 하는데
게으르거나 관심이 없거나
관리 감독을 잘못하기 때문에
일어나는 현상이다

나라의 첫인상이 좋아야 기억에 오래 남는데
아르헨티나는 국경 화장실이
너무 더러워 첫인상을 망쳤다

자기 나라를 사랑한다면
다른 나라 사람들에게
불편을 주지 않아야 한다
그래야 다시 찾아오고 싶을 것이다

이구아수 폭포 악마의 목구멍

강줄기 따라 흘러들어 온 강물이
오랜 세월 수없이 쏟아져 내려도
악마의 목구멍은 갈증을 채우지 못하고 있다

크나큰 목구멍으로 초당 6만여 톤의 강물을
벌컥벌컥 삼키는 것을 보며
가슴이 뭉클하면서도
온몸에 소름이 돋았다

악마의 목구멍은 바라보고만 있어도
나를 잡아당기는 듯한
아찔한 착각을 불러일으킨다

무엇 때문에 목이 말라
그토록 수많은 물을
흘러가는 세월도 마다하고
요구하고 있는 것일까

옛날에는 인디오들이 카누를 타고 오다가
악마의 목구멍에 빠져
수없이 죽었다고 한다

욕망에 사로잡힌 인간의 욕심이

악마의 목구멍처럼
끝없이 욕구를 채우지 못한다

여행을 하다 보면 오기 전에 상상했던 것과
실제로 보는 것에 많은 차이가 있을 때가 많다
이구아수 폭포 역시 그렇다
여행은 바로 이런 맛에 하는 것이다

미선 촬영지 폭포에서

오직 복음을 위하여
한목숨을 순수하게 바친
선교사들의 고결한 믿음이 하늘의 영광으로
그 빛이 온 땅에 가득하다

수많은 사람이
욕망에 몸부림치고 자기 성취를 위해
눈이 벌겋게 되어 살아가는데
그들의 삶은 구별되어 달랐다

오직 주님을 위하여
오직 복음을 위하여
한 영혼을 천하보다 귀하게 여기며
복음을 전했던 이 땅의 순례자들이다

생명의 복음을 전하기 위하여
아낌없이 목숨을 바치는
복된 믿음의 사람들이다

순교자들의 순결한 피가
세상 곳곳에 뿌려져
예수 그리스도의 복음의 꽃을 피웠다

순교자들은 자신을 위한 삶이 아니라
예수를 닮고 예수를 전하는 것이 목표인 사람들
순수한 영혼을 가진 하나님의 사람들
예수 그리스도의 복음의 사람들이다

그들은 이 폭포에 떨어져 죽기 전까지
생명의 복음을 전했던 것이다

브라질 커피

브라질은 커피를 생산하기에
아주 좋은 땅을 가진 나라다
세계 1위 커피 생산국인
브라질에서 커피를 마신다

브라질 커피는 1727년 기아나에서 들여와
1822년 독립 이후부터 본격으로 생산하여
전 세계 커피의 40~50프로를 생산하고 있다

브라질은 미국 다음으로
커피를 많이 마신다고 한다
브라질 커피는 언제나 동일한
맛을 내기 위하여
지난해의 원두 맛을 표본으로
거두어들인 생두를 혼합하고 조정하여
그 고유한 맛을 유지해나간다고 한다

열대의 나라 아마존 강이 있는 나라
브라질 커피 에스프레소의 그 진한 맛을
입과 목과 가슴으로 느껴본다

브라질 미나스제라이스 주의 사바나 기후에서 생산한
세하도 커피는 부드러운 흙 향기와 함께

커피 고유의 자연스러운 신맛을 선물해준다

브라질 커피의 검은색의 독특함처럼
강하게 퍼지는 맛에 향을 온몸으로 느낀다

삶의 맛을 깨닫게 해주는 브라질 커피의 맛
생두의 진한 맛에 몸과 마음을 적신다

커피는 커피만의 독특한 매력이 있어
늘 매료되고 사랑하게 된다

밀림에서 사라진 관광객

어느 나라 관광객이
이구아수 폭포를 향하여 이동하다가
갑자기 소변이 마려워
일행을 이탈하여 밀림 속으로 들어갔다가
길을 잃어버린 것은 한순간이었다

울창한 밀림 속은 조금만 깊이 들어가도
방향을 알 수 없는 오리무중이라
사람들이 찾을 길이 없었다

그 관광객은 일행에게 바로 돌아오지 못하고
3일 밤낮을 밀림 속에서 헤매다가
자신이 들어갔던 맹수가 많은 밀림으로부터
멀리 떨어진 곳에서 살아 나왔다고 한다

밀림에서 가장 두렵고 무서웠던 것이
무엇이었냐고 물었더니
맹수나 독사가 아닌
식사를 하지 못하는 것이었다고 말했다고 한다

맹수가 많고 독사가 우글거리는
두렵고 무서운 밀림 속에서도
배고픔과 목마름과 허기짐은

참기 어려운 고통이었던 것이다

인간이 살기 위해서 먹어야 한다는 것은
분명한 삶의 이치다

아르헨티나 국경 카지노

아르헨티나 국경을 조금 지나면
카지노가 있다

카지노에서 일확천금을 버는 것 같아도
돈을 잃은 사람이 많지
딴 사람을 만나보기는 힘들다
돈은 결코 공짜로 들어오지 않는다

만약에 카지노에서 돈을 땄다 해도
그것은 한순간의 미끼가 될 뿐이다

땀 흘리지 않고 번 돈은
다 헛되고 보잘것없는 것이다
복권에 당첨된 사람들도 큰돈이 들어오면
차 바꾸고 집 바꾸고 여자 바꾸고
온갖 짓을 다 하다가 쫄딱 망하는 것이다

우리나라 교포들도 돈을 많이 잃고
어디론가 사라졌다는 이야기를 들으니
카지노를 스쳐 지나가는 마음이
좀 씁쓸하고 우울했다

카지노에 중독된 사람들은

눈앞에 돈다발이 선하고
그것이 머릿속에서 뱅뱅 돌기에
모든 재산을 탕진하고 빚을 얻어 날리고
쫄딱 망해도 그 버릇을 여전히 고치지 못하고 산다

여행자와 식사

여행을 잘하려면
그 나라의 현지식에
잘 적응할 수 있어야 한다

여행을 하며 그 나라의 음식을 먹는 것도
여행의 일부이다
편식하지 않고
다양한 음식을 다양한 방법으로
맛있게 먹고 즐기는 것이 좋다

각종 커피와 과일과 음료
그 나라 사람들이 즐겨 먹고 좋아하는 수프
각종 고기와 어류와 채소
다양한 종류의 빵과 치즈와 버터, 올리브 등
세상에는 먹거리가 참으로 많고도 많다

갖가지 음식을 다양하게 잘 먹고 건강해야
여행이 한층 더 즐거워진다
현지식에 잘 적응하지 못하면
나른해지고 기력이 약해지고
피곤이 몰려올 수밖에 없다

잘 자고 잘 먹고 잘 적응해야
진정한 여행자라고 할 수 있다

탱고와 함께 이 밤을

근사한 저녁 식사와 함께
탱고를 감상할 수 있는 극장식 식당을 찾았다

뜨거운 열정으로 리듬에 온몸을 던져서
발길 따라 스텝을 밟아가며
손을 당겼다 놓았다를 반복하며
격렬한 몸짓을 주고받으며
탱고를 추는 사람들이 멋있다

탱고는 아르헨티나 부에노스아이레스를
중심으로 하여 발달한 춤이다
강렬한 리듬과 함께 4분의 2박자
리듬에 맞춰 남녀가 한 쌍이 되어
신바람 나게 추는 춤이다

탱고는 고향으로 돌아가고 싶지만
돌아갈 수 없는 이민자들이
외롭고 쓸쓸한 마음을 달래기 위해 만들어낸 춤이다

나라마다 각기 다른 춤사위와 장단이 있지만
아르헨티나인들의 탱고는
보는 사람들로 하여금
찬사를 보내고 박수를 치게 만든다

탱고는 몸과 몸이 부딪치며
하나가 되어가는 사랑의 몸짓이다
탱고는 타고난 끼와 수많은 연습이 만들어내는
아주 멋진 춤이다

내가 탱고를 출 수만 있다면
이국의 밤을 그대와 함께
춤추며 보내고 싶다

아르헨티나 부에노스아이레스 1

아르헨티나는 남미대륙 남동부에 위치해 있으며
인구는 4천만이 넘고 에스파냐어를 사용하고
국민의 92프로가 가톨릭 신자다

아르헨티나는 사람보다 소가 더 많은 나라이며
기름과 곡물이 자급되는 나라다
기업의 노조 활동이 매우 강하고
남미에서 축구 선수가 가장 많다

지하철이 이미 100여 년 전에 개통되었으니
예전에는 매우 잘살았던 나라다
부에노스아이레스는 아르헨티나의
교통, 문화, 정치의 1번지로
세계적인 무역항도 있으며
금세기에 더욱 많이 발전하고 있는 도시다

길이가 8킬로미터나 되는 항만 지구에는
다섯 개의 부두와 많은 창고와
여러 곳의 곡물을 싣고 내리는 엘리베이터가 있다

그곳에서 체 게바라가 다녔다는
부에노스아이레스 대학교를 구경하고
부에노스아이레스 국회의사당 광장에서
로댕의 생각하는 사람의 복제품을 보았다

가우초 모자를 쓴 동상이 서 있는 곳이
아르헨티나의 모든 길이 시작하는
거점이라고 한다

천 년 전 아르헨티나는
세계 5대 경제 국가로 부자의 나라였다
IMF를 몇 차례 겪으면서
가난한 나라가 되었다

아르헨티나 부에노스아이레스 2

아르헨티나는 페론 대통령과 그의 부인 에바가
국민이 원하면 무엇이든 주고자 했기에
인기가 높았지만 폐쇄적인 정책 탓으로
결국 나라의 경제가 어려워졌다

가난한 사람들에게 집을 거저 주고
대학까지 무료로 다닐 수 있게 해줬지만
나라는 쇠락하고 말았다

공짜가 많고 복지가 지나치면 나라는 망할 수밖에 없다
일하지 않고 얻는 대가는 큰 성과를 나타내지 못하고
공짜를 바라는 사람들은 더 큰 것을 원한다

잘살던 나라가 어려워지자 거리는 점점 더 허술해지고
불만 있는 사람들이 표현한 낙서들이
거리를 더럽히고 있다

아르헨티나 대통령의 궁, 시청,
국립은행, 시의회, 박물관을 둘러보았다
대통령 궁에서는 에바 페론이 연설했다는
발코니와 창문이 보인다

아르헨티나 사람들은

1810년부터 1816년까지 치러진 독립전쟁에서 승리해
7월 9일에 승리의 노래를 불렀다
승리를 기념하는 7월 9일 광장에는
1855년에 건축된 고딕 양식의 살타 대성당의
아름다운 내부가 황금빛을 낸다

성당에는 1592년에 스페인에서 가져온
'기적의 그리스도상'과
'성모 마리아상'이 제단 위에 있다

부에노스아이레스의 중심 도로는
세계에서 가장 넓다
도로의 이름은 7월 9일 대로다

아르헨티나 어머니

아르헨티나의 군부독재 시절
악랄한 독재자들에게 대항하며
앞장섰던 사람들은 바로 어머니다

두려움에 아무도 나서지 못할 때
자식을 사랑하는 어머니가
자식을 위하여 나라와 민족을 위하여
앞장서서 독재를 타도하기 시작했다

모정은 지금도 살아서 별빛이 되어
아르헨티나를 독재에서 벗어나게 해
자유로운 나라로 만들었다

어머니의 힘은
독재에서 자유를
독재에서 나라를
독재에서 국민과 자식을 구해냈다

어느 나라나 어머니의 힘은 위대하다
자식을 낳고 사랑으로 기르며
참고 인내하던 어머니가
어려울 때는 분연히 나서서
힘을 발휘해 엄청난 일을 해낸다

어머니는
세상에서 가장 아름다운 이름이다
가족을 사랑하고 조국을 사랑하는
가장 위대하고 가장 사랑스런 이름이다

프란치스코 교황이 시무하던 성당

겸손하고 온유하신 주님의 모습을 전하며
전 세계인으로부터 사랑받는 프란치스코 교황
교황이 되기 전에 시무하던 대성당에 들어가니
마음이 경건해진다

전 세계인을 향하여 다정다감하고
겸손하고 소박한 모습을 보여주는
교황이 복음을 전하던 곳이다
온 영혼이 예수 사랑에 흠뻑 빠져도 좋을
하나님의 은총이 가득한 곳이다

성당 안에는 아르헨티나를 독립시킨
산마르틴 장군의 묘역이 있고
성당 앞에는 그를 기념하는 불이
365일 24시간 동안 계속하여 불타고 있다
모든 나라와 민족은
그들을 사랑해서 열정을 바친 분들이 있기에
오늘도 살아 움직인다

세상을 어지럽히는 사람들도 있지만
하나님을 믿으며 사람을 사랑하고 섬기고
봉사하기를 원하는 사람들이 많기에
이 세상이 유지되고 아름답게 보전되는 것이다

아이들

아이들의 눈동자는
세계 어느 곳에서 만나도
예쁘고 귀엽고
기분이 참 좋아진다

티 하나 없이 맑게 웃는 아이들
깨끗하고 뽀얀 피부
해맑은 눈동자는
바라보고만 있어도 행복해진다

아이들은 내일의 희망의
선물을 듬뿍 나누어주고
웃음과 기쁨을 준다

아이들이 많아야 세상이 행복하고
희망이 가득 찬 내일이 찾아온다

삶은 한 권의 책이다

삶은 한 권의 책이다
한번 써놓은 기록은
다시 쓸 수 없고
지울 수 없다

오늘과 내일에 펼쳐질
당신의 페이지에
새롭고 멋진 인생을 기록하라

인생은 다시는
고쳐 쓸 수 없는
당신만의 기록으로 남는다

여행과 날씨

여행을 잘하려면
날씨가 좋아야 한다

아무리 좋은 곳이라도
비나 눈이 지나치게 오고
바람이 심하게 불면 구경할 수가 없다

여행할 때 날씨가 화창하게 좋으면
정말 신바람이 나지만
날마다 비가 오면
짜증이 날 수밖에 없다

여행하는 곳의 계절을 잘 선택해야 한다
우기에 잘못 여행하면
여행을 망칠 수도 있고
홍수가 나거나 눈이 지나치게 내리면
교통수단이 마비되어 오도 가도 못하고
꼼짝달싹도 못 할 때가 있다

여행을 하려면 행운도 따르고
받을 복도 많아야 한다

부에노스아이레스 보카 지구

관광객들을 위하여 특별히
마련된 곳이 보카 지구다

거리에서는 화가들이 그린 그림을 팔고
여러 상점에서는 남미 녹차라고 불리며
남미 사람들이 즐겨 마시는 마테차와 액세서리
그리고 가죽 제품 등 갖가지 물건을 판다

거리에는 아르헨티나 출신 교황의 조각상이 있고
예술가들의 동상도 곳곳에서 만날 수 있다

탱고를 선보이며 멋지게 포즈를 취하고
관광객들과 사진을 찍어
돈을 받는 사람들도 이색적이다

다양한 모자와 가방, 마테차를 팔고 있어
여행자들은 원하는 것을 사가지고 갈 만하다

관광객들이 찾는 곳에는
그만한 이유가 있기 마련이다

페루 시골 사람들

얼굴에 오래된 전설이 남아 있는 듯한
머리를 길게 땋아 등허리로 늘어뜨린
페루 시골 사람들의 얼굴엔
그들만의 독특한 삶의 모습이 있다

뜨개질을 잘하는 사람들
무표정한 얼굴과 몸짓과 눈짓 속에
삶의 고단함에 지친 슬픈 눈물이
가득 배어 있다

그들은 모자 쓰는 것을 좋아하고
입는 의상도 독특하며
대부분 말을 잘 하지 않는다

매우 착한 모습에
눈물이 고여 있는 듯한
모습을 바라보면
왠지 모를 측은지심이 가득해진다
아이들의 모습이 참 귀엽다

피리를 잘 불고 음악을 좋아하고
자연을 벗 삼아 아무런 욕심 없이 살던 사람들이
밀려드는 관광객과 도시 문화에 빨려 들어가고 있다

순박하게 살던 사람들이 돈맛을 알고
도시로 몰려들기 시작한다
아직은 지구 상에서 가장 가난한 사람들
언제나 그들의 삶에 웃음과 행복이
충만하기를 기도드린다

페루 리마에서 모닝커피

아르헨티나에서 페루 리마까지
5시간 동안 비행기를 타고 왔다

페루는 인구가 3천만이 넘고
원주민, 아프리카인, 아시아인 등
다양한 인종이 함께 어울려 살고 있다

안데스 산맥에 위치한 페루는
훔볼트 해류의 영향으로
기후변화가 다양한 나라다

리마 쉐라톤 호텔에서
깊은 잠에 빠졌다가 일어나
노독을 풀기 위해
호텔 식당에서 뜨거운 모닝커피를 마신다

아무리 긴 여행이라도
맨 처음에는 시간이 안 가는 듯하지만
중간쯤 지나면 시간에 가속도가 붙은 듯
빨리 지나가기 시작한다

인생의 맛을 알게 하는
모닝커피 한 잔에
다시 발길을 재촉해본다

페루 옥수수

페루에서
옥수수를 재배하는 밭들을 많이 보았다
우리나라 옥수수보다
알맹이가 굵고 아주 컸다
식당에서 반찬으로 나온 옥수수도
맛이 괜찮았다

페루 사람들은
옥수수를 쪄서 관광객들에게
한 개에 2달러씩 팔았지만
흥정을 하면 1달러에도 팔았다

옥수수 맛은 좀 싱거웠다
우리나라 장사꾼에게
한 수 배워서 팔면
돈을 더 많이 벌 수 있겠다 싶었다

여름날 쪄서 파는
옥수수의 달짝지근한 맛,
역시 우리나라 옥수수가 제일이다

산토도밍고 성당

해발 3360미터 잉카 제국의 수도였던 쿠스코
옛 페루 사람들이 잉카의 주신
태양신을 섬기던 신전 자리에
스페인인들이 성당을 세웠다

성당 곳곳에 태양신을 섬기던
신전의 모습이 그대로 남아 있다

산토도밍고 성당에는
분홍빛의 높은 탑이 있고 박물관도 함께 있다

성당 안에는
다른 곳에서는 찾아볼 수 없는
가장 처참하고 비참한
십자가 위 예수 그리스도의 모습이
석고상과 성화에 새겨져 있다

예수 그리스도와 자신들을
마리아의 아들이라고 생각했다는
페루 사람들은
예수 그리스도의 초상화와 조각을 통해서
자신들의 삶의 모습을 그대로
반영하고 표현하였다

성당에는 수도원도 있고
수도원 안마당에는 비밀의 화원도 있다

아르마스 광장에는 잉카 제국의 화려한 시대를 만들었던
9대 황제 파차쿠티 동상이
오늘도 말없이 바라보고 있다
성당 근처에는 도미니카 수도회 성당과
수도원을 비롯해 여러 성당이 있다

삭사이와만 요새

삭사이와만 요새는 500년 전에
쿠스코 동쪽을 지키기 위하여 만들어진
전통적인 잉카 건축양식의 요새다

커다란 바윗덩어리를
어떻게 이곳으로 옮겨 와
요새를 만들었을까

대단하다는 생각이 머릿속에 들고
옛 잉카 사람들의 힘과 지혜를
질문하게 된다

그 옛날에 현대적 요새보다
더 완벽하게 지어놓았으니
얼마나 많은 사람이
희생을 당하고 눈물을 흘렸을까

어느 시대이든
전쟁을 막으려는 노력이 필요하다
생명을 지켜야 나라와 민족이
유지되고 번성하기 때문이다
때로는 지도자의 치적을 위한 행동이
민중을 괴롭히기도 한다

보름달

어두운 밤하늘에
그리운 얼굴 하나
보름달 되어
환하게 웃으며
두둥실 떠올랐다

보름달이
날마다 조금씩 사라져서
그믐달이 되어도
나는 결코 잊지 못한다

우루밤바 아란와 호텔

이 페루 깊은 산중에서
이토록 멋진 호텔을 만나다니
사막의 신기루처럼 신기했다

여행을 하면서
아주 멋지고 시설이 좋은 곳을 만나면
행운을 만난 듯 기분이 좋다
비수기 호텔에는 투숙객도 별로 없어
한적하기만 했다

페루를 여행하는 동안
이틀을 묵을 예정이니
삶 중에 추억으로 남을
행복한 시간이 될 것이다

넓은 방 넓은 침대에
목욕 시설과 수영장 시설과
스파 시설이 잘되어 있어서
여행자의 피로를 씻어주기에 안성맞춤이다

이곳에서의 남은 여행을 위하여
푹 쉬고 좋은 꿈을 꾸어야겠다

여행자

지구 상에는 수많은 나라와
수많은 언어와 여러 민족이 있다
다양한 피부색의 인종만큼
다양한 사람들이
각기 다른 모습으로 살아간다

인생이란 여행은 오래 머물지 못하고
결국에는 잠시 스쳐 지나가는 것이라
어느 곳에서든지 그들의 삶을
잠시 잠깐 엿보고 갈 뿐이다

여행자가 보고 들은 것이
그 나라 그 민족의 전부일 수는 없다
여행자의 기록도 일부분일 뿐이다

눈에 잠깐 보이는 것
귀로 잠깐 들은 것
마음으로 잠깐 느낀 것이
그 나라와 그 민족의 전부는 아니다

여행자는 섣부른 판단으로
여행지를 판단해서는 안 된다
다만 자신의 마음을 표현할 뿐이다

지구 상에는 참으로 각기 다른 사람들이
천차만별의 모습으로 살아가기에
그들만의 문화를 만들고 공유하고
발전을 기대하며 살아간다

여행자는 자신의 눈으로만 보지 말고
그들의 눈과 그들의 마음으로 볼 수 있는
마음의 여유를 가져야 진실해질 수 있다

우루밤바 올란타이탐보 역
투투스 하우스 레스토랑에서

내가 살고 있던 삶의 터전에서
떠나는 것이 여행이다

여행을 하면서
아름답고 독특한 산과 들의
풍경을 바라보고
즐길 수 있는 음식이 있다면
즐겁고 행복한 일이다

레스토랑은 세계 각국의
여행객들로 가득하다
그만큼 누구나 여행을 즐기며
살고 싶어 한다는 것을 잘 알 수 있다

뷔페식으로 나오는
현지 음식을 이럴 때 맛보지 않으면
언제 맛볼 것인가
먼저 잘 익은 과일부터 먹은 후
페루 사람들이 즐겨 먹는다는
갖가지 음식과 빵을 커피와 함께 먹는다

여행 중에 먹는 즐거움이 없다면
여행할 맛을 잃을 것이다

기차로 마추픽추 가는 길

구름이 올라와도 숨이 찰 듯한
아주 높은 산과 산들 사이로
강물이 세차게 흐르는 소리를 들으며
철길을 따라 기차는 기적을 울리며
꿈에 그리던 마추픽추로 간다

과연 어떤 곳에
어떤 모습으로 있을까
신비함을 기대하는 마음에
자꾸만 가슴이 설렌다

중간중간에 집과 옥수수밭이 보이고
걸어서 올라가는 사람들도 보였다
기차에서 나누어주는
커피와 과자를 먹으며
마추픽추를 상상하며 간다

사람들은 누구나 자유로운 마음과
풍요로운 삶을 누리고 싶어 한다
여행을 하면
도착하기 전의 설레는 마음이
상상으로 가득 차
기대감이 한층 더 강해진다

마추픽추 1

올란타이탐보 역에서 버스를 타고
아슬아슬하게 보이는
계곡을 바라보며
잃어버린 공중도시
마추픽추 입구에서 내렸다

이곳이 그토록 오랜 세월
보고 싶어 했던 마추픽추인가

마추픽추는
한 농부로부터 전해 들은 이야기를 토대로
역사학자인 하이럼 빙엄이 1911년에 찾아내어
전 세계에 알려지기 시작했다

높은 산들 사이로
구름에 둘러싸여 있는 마추픽추는
바라볼수록 신비함을 더해주었다

오랫동안 베일에 싸여 숨겨져 있던 마추픽추는
발견 전에는 온통 수풀에 가려져 있어
'잃어버린 도시' 또는
'공중도시'라고 불려졌다

공중도시라고 불린 이유는
산과 절벽, 밀림에
마추픽추가 가려져 있어
아래서는 볼 수가 없고
하늘로 올라가 내려다보아야만
볼 수 있었기 때문이다

마추픽추 2

마추픽추는 총면적 5제곱킬로미터로
절반이 경사면에 건축되어 있고
주변은 성벽으로 아주 견고하게
요새화되어 있다

높디높은 산꼭대기에 돌로 쌓은 집들과
태양의 신전, 해시계, 태양의 불,
콘돌의 신전, 왕의 무덤,
귀족의 집, 서민의 집을 돌아보았다

마추픽추의 돌 중에는 높이가 8.53미터
무게가 361톤이나 되는 것이 있다니
어떻게 돌을 옮기고 세웠을까
참 궁금해지는 일이었다

천 명에서 2천 명 정도가
거주했을 것이라는
마추픽추 주변 높은 산들에는
군데군데 하얀 구름이
산들을 휘감고 돌아 신비감을 더해주었다

안데네스라는 계단식 밭을 통하여
자급자족할 수 있는 곡식을 거둬들이고
수로를 통하여 물을 사용했다

사람의 상상만으로는
그 시대에 이룰 수 없는 신비의 도시
마추픽추를 바라보며
수많은 생각을 해보게 되었다

대단하다!
신비하다!
위대하다!

여행을 하면서도

똑같은 여행을 하면서도
분위기를 좋게 만드는 사람이 있고
늘 흥을 깨고 불평하는 사람이 있다

늘 제시간을 잘 지키는 사람이 있고
늘 꾸물거리고 뒤처져서 늦게 나와
기다리게 만드는 사람이 있다

여행을 하면서도
늘 웃으며 인사하는 사람이 있고
며칠이 지나도 인사도 하지 않는
고개가 뻣뻣한 사람이 있다

여행을 온 목적이 무엇인지
온갖 자랑과 허세를 부리며
분위기를 망치는 사람이 있고
소박하고 겸손하며 늘 나누고 싶어 하는
인간미 넘치는 사람이 있다

여행이 끝나면
다시 한번 만나고 싶은 사람이 있고
여행이 끝나도
다시는 기억하고 싶지 않은 사람이 있다

인생도 여행과 마찬가지로
만나는 사람마다 제각기
다른 삶을 살아가고 있다

페루 여행의 감동 1

길 따라 떠나는 여행은
혼을 쏙 빼놓을 만큼
눈물을 쏙 빼놓을 만큼
아름다운 풍경을 바라볼 때
그 진가를 발휘한다

페루 산간 지방의 산들의
아름다운 풍경을 눈으로 바라보다가
마음으로 만지작거리다가
가슴에 새겨놓는다

이토록 아름다울 수 있을까
감탄과 감동이 저절로 터져 나와
여행을 정말 잘 왔다는 생각을 한다

자연 풍광의 아름다움
폭포와 강의 아름다움
산과 들의 아름다움
만나는 사람의 아름다움
탑들과 오래된 건물의 아름다움
동상과 그림의 아름다움
박물관의 아름다움
그 아름다움마다 독특한 매력을 발산한다

멀리서 보면 보석이고
가까이 다가가면 자연 그대로다
여행은 아름답고 독특하고
개성이 넘치는 것들을
만나러 떠나는 것이다

페루 여행의 감동 2

페루는 아름다웠다
때 하나 묻지 않은 자연 그대로의
산과 집들
황토로 지은 시골집들도
자연스러움이 참 좋았다

차를 타고 갈수록
계속 달라지는 아름다운 풍경이
끝도 없이 펼쳐져
시간을 낼 수 있다면
한동안 이곳에 머물다 떠나고 싶었다

산길을 차로 돌고 돌며
스쳐 지나간 수많은 산과 집과 사람
내 마음을 한껏 끌어당기도록
어느 하나도 흠잡을 데 없이 아름다웠다

자연의 풍경 속에 풍덩 빠져 들어가
한동안 살고 싶을 정도로
아름답게 내 마음에 그려졌다

이 아름다운 자연에
심취하고 도취할 수 있는 방법은
나에게는 여행뿐이다

노새

말도 아닌 것이
생기기도 못생긴 것이
말처럼 살려고 심술부리는
모양이 불쌍하다

털도 부족한 것이
뛰어보아도
말보다 못 뛰는 것이
말처럼 뛰고 싶어 숨차다

겁도 없이 천길만길 낭떠러지도
뒤뚱뒤뚱 잘도 걸어간다

등에 짐을 지고
온갖 궂은일을 다 하면서도
풀만 먹고 사는 것이
참 딱한 노릇이다

이래 살다 죽으나
저래 살다 죽으나
노새는 참 딱하다

리마 수상 식당 로사 나우티카에서

태평양이 파도치는 모습을
눈앞에서 바라볼 수 있는 수상 식당에서
해물 요리와 스파게티를 먹는다

창밖에는 파도 타는 젊은이들이
해변으로 몰려와
파도를 멋지게 타고 다니며
태양의 뜨거운 열기를 식히고 있다

페루는 시골과 도시의 빈부 차이가
상상할 수 없을 정도로 극심하다

파도치는 해변에 무엇을 원하는지
갈매기가 울며 지나간다

입안 가득히 바다의 맛을
전해주는 해물 요리가 맛있다

휴식으로 나온 커피 한 잔과 과일이
떠나는 고독을 느낄 만한 때가 된
여행자의 마음을 다독거려준다

페루 리마 해변에서

페루 리마 해변에서
파도 타는 사람들을 바라본다

거센 파도가 몰려오는 것을
보고만 있어도 두려운데
그 거센 파도를 즐기는 사람들
용감하고 대단하다

마음이 약한 사람들은
파도를 두려워하지만
마음이 강한 사람들은
파도를 즐긴다

삶에도 파도가 시시때때로
몰려왔다가 사라진다
파도를 무서워하지 않고
즐길 줄 알아야
삶을 삶답게 살아갈 수 있다

거센 파도가 몰려올 때마다
당당히 일어서서
파도를 타며 즐기는 사람들이
신나고 멋져 보인다

몰려오는 파도를 두려워하기보다
도리어 이용하여
운동하는 모습이 참 대단하다

리마의 도심

차를 타고 리마 구시가 도심으로 나갔다

아르마스 광장을 중심으로
대통령 궁, 대성당이 자리 잡고 있고
가까운 곳에 산프란시스코 성당도 볼 수 있고
남미 최초의 우체국도 만나볼 수 있다

리마의 도심은 활기차게 움직이고 있다
신시가지에서는 센트럴 공원과 라르코마르
그리고 해변가에 있는 사랑의 공원을 찾았다

해변과 공원에서는
연인들이 사랑을 나누는 모습을
아주 쉽게 볼 수 있다

사랑의 공원에는 사랑하는 연인들이
찾아와 아낌없이 거리낌 없이
사랑을 나누고 있다

여행을 하다 보니
시간 가는 줄도 몰랐다
태평양에 저녁노을이 붉게 물들어 가고 있었다

떠날 때와 돌아갈 때

여행은 떠날 때와 돌아갈 때의 느낌이
전혀 다르다

아름다운 풍경 속으로 들어가기 위해
떠날 때는 설렘이 있지만
돌아갈 때는 뭔지 모르게
늘 아쉬움이 남는다

떠날 때는 여유로움과
쉼과 안식을 원하지만
돌아올 때는 빠르게 지나가는
시간 속에 어딘지 모르게
부족한 느낌을 갖는다

똑같은 여행일지라도
여행자의 준비와
마음가짐과 생각에 따라
여행의 감동과 여운과
흔적을 남기는 추억이 다르다

리마 한식당 아리랑

페루 한식당 아리랑에서
오랜만에 얼큰한 김치찌개와
돼지갈비로 저녁 식사를 한다

한국인이 좋아하고 즐겨 먹는
배추김치와 깍두기, 콩자반,
콩나물무침, 감자볶음 등
갖가지 밑반찬이 나왔다

오랜만에 김치찌개를 먹으며
입안 가득히 한국의 맛을 느낀다
여행 중에 종종 한국 음식을 먹고 싶은데
오늘은 그 한을 풀고 있다

여행자의 마음을 잘 알아주는 한식당을 만나
한국인의 정을 듬뿍 느껴본다

머나먼 천리만리 이국땅에서
한식당을 하시는 분께
다시 한번 감사를 드린다

페루 리마 길거리 걸인

페루 리마의 사람들이 많은 도심 거리에서
한 여인이 아이를 더러운 담요로 안고 앉아
간절한 눈빛으로 구걸을 한다

오가는 사람들이 안타까움에
지갑에서 돈을 꺼내어 주고 간다

여인은 왜 거리에서
초라하고 비참한 모습으로
구걸하는 걸인이 되었을까

인간이 스스로를 포기할 때
걸인이 될 수밖에 없다
인간은 스스로 자기 운명을
만들어가는 것이다

멕시코시티 구시가지

멕시코시티 공항에서
스페인의 식민지 시절의 건물들이 있는
구시가지로 차를 타고 갔다

소칼로 광장에는 수많은 인파가
찾아들고 있었는데
안정되어 보이지 않고
산만하고 불안해 보였다

사람들의 얼굴이 밝지 않고 어두웠고
무언가 안 풀리고 있는 듯한 표정들이었다
멕시코의 현재 상황을
사람들의 얼굴에서 읽을 수 있었다

길거리에 서서 밥을 먹는 사람들
관광객들의 구두를 닦아주는 사람들
악기를 연주하고 돈을 원하는 사람들도 있었다

길거리에서 일자리를 찾는다고
자신이 할 수 있는 일과
전화번호를 적어놓고
기다리는 사람들도 많았다

구시가지에 있는
옛날 신전을 허물고 지었다는
대성당의 건물도 어두워 보였다

멕시코시티 한식당 영빈관

전라도 아줌마가
멕시코시티에 한식당 영빈관을 열고
음식을 맛깔나게 만들어
손님을 부르고 있다

전라도 음식의 맛을
멕시코에서 볼 수 있다니
참 맛깔나는 일이다

묵은지를 지져 만든
볶음김치의 맛이 얼마나 좋았던지
인기가 좋아 그만 동이 나고 말았다

무말랭이, 빈대떡, 콩나물, 두부,
김치가 들어간 얼큰한 국물 한 사발
기막히게 맛깔난 불고기에
밥 한 사발을 뚝딱 먹었다

역시 식당 주인이 솜씨가 좋아야
음식이 제맛을 낸다

식사하고 나오면서
주인에게 음식을 맛깔나게 해주셔서

감사하다고 인사를 했더니
언제든지 맛있게 해줄 테니
다시 오라고 한다

너무나 먼 멕시코까지 다시 오기는 힘들겠지만
앞으로도 여행자들은 이곳에서 고국의 맛을 느끼고
주인아주머니는 돈을 아주 많이 벌었으면 좋겠다

정말 인생이란
먹는 맛에 사는 것이다

여행을 하다 보면

길을 따라 풍경을 보며 여행을 하다 보면
출국 수속과 입국 수속을 반복한다

삶은 반대다
출생신고부터 시작하고
죽어야 사망신고를 한다

그리워하고 보고 싶은 것들을
만나기 위하여 여행을 하며
나라마다 입국 수속을 하고
출국 수속을 되풀이하면서
그 나라를 알게 된다

여행을 하다 보면
출국 수속과 입국 수속은
스스로 하지만
출생신고와 사망신고는
늘 가족이나 타인이 한다

살아 있는 동안은 언제나
스스로 자신의 삶을 살아가야 한다

멕시코 공항

멕시코 공항은 기다림의 연속이었다
입국 수속도 지루할 정도로 기다리게 만들었다
여행 가방을 찾는 데도 지나치게 오래 기다렸다
페루에서 오는 비행기에서
마약류가 유입될까 봐 그렇다고 한다

우리나라 인천공항은 입국 수속,
출국 수속, 가방을 찾는 일 모든 것이
정말 어느 나라보다 빠르고 편리하다

우리나라가 대단한 나라라는 것을
해외에 나올 때마다
더 강하게 느끼게 된다

해외에 나오면 누구나
애국자가 된다는 말을 이해할 것 같다
나도 해외에 나올 때마다
더욱더 내 나라 대한민국을
사랑하는 애국자가 된다

대한민국은 참으로 대단한 나라요
한국인은 참으로 위대한 민족이다

멕시코시티 크리스탈 그랜드 호텔

여행을 떠나온 나그네는
피곤함을 달래려고
멕시코에서 여장을 푼다

여행을 하다 보면
이곳저곳 볼 것도 많고
유적지와 관광 명소를 찾아
걷고 또 걸으며 구경을 하다 보면
몸과 마음에 피로가 몰려온다

샤워기 물을 틀어놓고
온몸을 비누칠해 씻으며
피로에 전 몸을 흘려보낸다
침대에 누워 금방 깊은 잠에
빠져버린다

여행이 길어지면
고국이 그리워지고 집이 그리워진다
자꾸만 내가 살 곳은
역시 내 조국 내 집이라는 생각이 든다

멕시코시티의 밤거리

멕시코시티의 밤거리는
멕시코의 경제를 알려주듯
밤을 밝혀주는 가로등조차
빛을 잃고 희미했다

멕시코는 마피아의 세력이 크고
그들의 권력이 대단해
그들에게 적대시하거나 대항하면
그 이상의 고통을 당하게 된다고 한다

교포들도 명품으로
치장하고 다니지 말고
지나치게 좋은 차를
타고 다니지 말고
돈도 많이 갖고 다니지 말라고 한다

정치인들도 마피아와 결탁하고 있다니
참으로 안타까운 일이다
나라에 수입은 적고 지출은 많으니
부정하는 사람들이 많다는 것이다

정치인들이 나라를 바로 세워야
진정한 지도자가 아니겠는가

여행 중 물건을 살 때

여행 중 노점에서 물건을 살 때
흥정은 하되 지나치게 깎으려 말자

원가도 안 될 정도로 싸게 사면
판 사람도 산 사람도
결국에는 기분이 좋지 않아진다

삶이란 정을 주고받는 것
좋은 것이 좋은 것이다
서로가 좋도록 적당한 가격에 사야 한다

싸게 싸게 사려고만 한다면
파는 사람도 비싸게 비싸게
부르고 말 것이다

인생이란 돌고 도는 법
당신과 나도 서로의 입장이
바뀔 때가 있다

베푸는 사람에게 베풂이 돌아오고
깍쟁이 같은 사람에게는
오던 복도 달아나는 것이다

지도자가 되려면 여행을 하라

대중 앞에 서고
대중을 인도하는 지도자가 되려면
우물 안 개구리가 되지 말고
폭넓게 지식을 쌓고 여행을 하라

세상을 깊고 넓게 보아야
진면목을 알 수 있고
모든 것을 심층적으로 깊이 깨달을 수 있다

지도자가 정치를 잘못하는 나라가
얼마나 못 사는가
부정부패가 만연한 나라가
얼마나 빈부 차이가 심하고
그곳의 국민이 괴로운가
독재하는 나라가 얼마나 불안한가
무조건 복지를 일삼던 나라가
얼마나 퇴락하는가

자신만 당선되려고 공약을 남발해
선량한 국민을 유혹하지 말고
나라와 국민을 위하여 투자하고
연구하고 발전하도록
온 힘과 열정을 쏟아야 한다

목에 힘주고 유명세를 타려고
구호만 외치고 선동하고 비난만 일삼으며
온갖 행태를 부리는 사람들은
자신만을 위한 위험한 지도자일 뿐이다

나라와 국민을 알고 자신을 잘 알고
지와 덕을 겸비한 사람들이
나라의 지도자가 되어야 한다

기적의 과달루페 성당

지금은 성자 칭호를 받는
멕시코 원주민 신자 1호 농부 후안 디에고가
첫 번째 발현한 성모의 모습을 보았다

"산꼭대기에 너희를 위한 성전을 지어라"
이 사실을 주교에게 전했지만 주교는 믿지 않았고
두 번 세 번 발현한 성모의 뜻을 전하여도
주교는 믿지 않았다

주교는 성모 마리아가 표적을 보여주신다면
성당을 짓겠다고 했다

후안 디에고가 네 번째 발현한 성모 마리아에게
주교의 말을 전하자
성모 마리아는 농부 후안 디에고에게
테페약 언덕 꼭대기에서 장미를 주워다가
주교에게 보여주라고 했다
이 말을 듣고 언덕을 올라가니 한겨울 12월인데
장미가 활짝 피어 있었다
농부는 자신의 겉옷인 틸마에
장미를 담아 주교에게 보여주었다
그런데 놀랍게도
틸마에 성모 마리아의 그림이 나타난 것이다
주교는 이 말을 듣고 과달루페 상당을 지었다

참으로 놀라운 기적이다

기적은 간절히 사모하고
순수한 신앙을 가진 사람에게 일어난다
오직 하나님만을 섬기며
그분의 뜻을 따르는 사람에게
기적은 나타나는 것이다

인간의 헛된 욕심과 욕망을 벗어던지고
오직 하나님의 영광을 드러내고
복음을 전하기를 원하는 사람에게
기적은 오늘도 일어나는 것이다

새로 지어진 과달루페 성당

시멘트 공법으로 새로 지어진
과달루페 성당에서는
주일이라 미사가 집전되고 있었다

신자들이 얼마나 많이 모였는지
큰 성당이 꽉 찼고
들어가지 못한 신자들과 관광객들로
인산인해를 이룰 정도였다

과달루페 성당에서는 매일매일
미사를 드린다고 한다

성당 안에는 틸마에 그려진 성모 마리아가
액자 속에 넣어져 벽에 잘 전시되어 있었다

예수 그리스도를 찾고 만나기를 원하는
사람들이 많다는 것은 참 좋은 일이다

이 세상에는 용서받고
용서해야 할 일들이 참 많다

복음의 진리를 깨닫고
예수 그리스도를 닮아가기를 원하고

그분 뜻대로 살기를 원하는 사람들이
세계 곳곳의 성지를 순례하며
주님의 보호하심과 인도하심을 받기를 원하고 있다

멕시코시티 혁명기념탑

나라의 독립을 위하여
7년 동안 싸워 이긴 것을
기념하는 멕시코시티 혁명기념탑

사람들은 누구나 억압당하고
지배당하기만을 원하지 않고
자유와 번영을 누리며 살기를 원하기에
투쟁을 마다하지 않는다

자유를 원하면 자유를 보장해야 할 텐데
정치인들은 국민을 원한다고 하면서도
자기들을 위한 정치를 한다

가진 자가 더 갖기 위해 횡포를 부리고
없는 자들에게서 더 많이 빼앗아 가기를 원한다
자유를 원하여 혁명을 쟁취했다면
혁명할 때 내세웠던 것을 지켜야 한다

세상에서 아무리 대단한 권세를 가져도
동상이 그렇듯 세워졌다 무너졌다는 하는 법이다

올바르게 쟁취한 혁명을
올바르게 펼쳐나가는 것이
또 다른 새로운 혁명이다

여행은

여행은 늘 찾아오는
바람이 나는 병이다

안 가면 가고 싶고
기다리기 지루해
기회만 오면 훌쩍 떠나는 것이다

삶 속에 가장 친숙한 친구
늘 곁에 찾아와 다정하게
다가오는 정겨운 친구다

여행을 떠나야
삶은 더 행복해지고
살고픈 욕망이 꽃피어 난다

여행은 누구나 꾸는 꿈이다
여행은 인생의 동반자다

카리브 해변에서 1

카리브 해변에 누워
시집 애송시 100편을 읽는다

우리나라에는 시를 진솔하게
잘 쓰는 시인들이 참 많다

어쩌면 이리도
멋진 표현을 할까
어쩌면 이리도
솔직한 표현을 할까

카리브 해풍을 온몸에 받으며
읽고 있는 시편이 살아나
야자수가 되고
파도가 되고
구름이 되어
내 눈과 귓가와 마음에 들려온다

시인이 시인의 시를 감상할 수 있다는 것은
참 즐거운 일이다

카리브 해변에서 2

해변에 앉아 파도가 잔잔하게
밀려오는 것을 보고 있으면
내 마음이 왠지 더 잔잔해지는 것을
느낄 수 있다

푸른 하늘
푸른 바다를 보고 있으면
마음이 깨끗하게 정화된다

해변에 앉아
해풍에 몸을 씻고
시원한 공기를 마시면
가슴속까지 세탁이 된다

해변에 파도가 칠 때마다
그리움도 밀려오는데
파도 소리에 삶의 깊이를 느껴본다

사람들이 바다를 그리워하며
파도를 보고 싶어 하는 것은
삶에 애착을 갖고 살고 싶기 때문이다

카리브 해의 밤

어둠 속에 별은 빛나고
해변에는 파도가 몰아치는
카리브 해의 밤

음악은 흥을 돋우고
사람들은 온몸을 흔드는 몸짓으로
춤을 추며 밤을 즐긴다

이국의 밤은 저무는데
잠은 오지 않고
마음만 설레는데
왠지 모를 허전함에
음악에 몸을 싣는다

삶이란 행복할 때도
때때로 쓸쓸하고 고독할 때도 있는 법
나그네의 고독을
한 잔의 음료 잔에 담아 마시며
갈한 목을 축여본다

테오티오칸 피라미드

태양의 신, 비의 신, 달의 신에게
재물을 바치던 신전

테오티오칸 문명 중에서
최고 최대의 건물이다

전 세계에서 세 번째로 큰
태양의 신전 피라미드는
인디오들이 무속 신앙의
의례를 행하던 곳이다

조작되고 만들어진
무신을 섬기기 위하여
살아 있는 사람의 생간을 빼내어 바쳤다고 하니
잘못된 신앙은 복을 주는 것이 아니라
엄청난 불행과 화를 자초한다

그 오랜 예전에 이 큰 신전을 짓는 데
얼마나 오래 걸렸을까
건축 도구도 별로 없던 시절에
얼마나 힘들고
얼마나 많은 사람이
신이란 이름 아래 처절하게 희생당했을까

그들의 지도자들도 허구라는 것을
알고 있었을 것이다
자신의 안일과 권력을 위하여
미신과 악마의 희롱으로 가득한
피라미드를 만들기 위하여
백성의 생명과 영혼까지 담보로 하면서도
결코 행복하지는 못했을 것이다

지도자들에게 조언하며 허구를 만들어 짜낸
그들의 모략이 참 무섭고 섬뜩하였다

로스앤젤레스 공항에서

미국 공항을 거칠 때마다
전 세계에서 가장 까다롭다는 것을
피부로 느끼게 된다

오른손 엄지손가락 지문 채취
나머지 네 손가락 지문 채취
왼손 엄지손가락 지문 채취
나머지 네 손가락 지문 채취
얼굴 사진 찍기

분명히 서류에 기록되어 있고
비행기 표가 있는데도
다시 묻고 또다시 묻는다

왠지 모르게 강압적인 모습과 표현에
무시당한다는 느낌을 가질 때가 많다

여행의 끝에 기분이 좋지 않다
전 세계가 무비자로 아주 기분 좋게
여행을 다닐 수 있는 날은 올 것인가
빨리 그날이 왔으면 좋겠다

야자수

야자수는
높이
높이
자라고 싶어 한다

그리움이 사랑이
어디쯤 올까
보고픈 마음에

야자수는
그리움의 키만 키우고
잎새들은 불어오는 바람에 손을 흔들며
그리운 이를 부르고 있다

카리브 해변 칸쿤 1

칸쿤의 하늘은 푸르고
바다는 파랗다 못해 새파란 듯
에메랄드 빛깔이다

칸쿤은 멕시코의 가장 동쪽에 있는
킨타나로오 주에 있는 해변도시로
유카탄 반도의 북동쪽 해안선에서
조금 떨어져 있는 L 자 모양의 섬이다

카리브 해변의 아름다운 휴양도시 칸쿤은
드넓은 바다와 호수 사이에 있는데
칸쿤이라는 말은 마야어로
뱀이라는 뜻을 나타낸다고 한다

산호섬인 칸쿤을 잘 개발하여
현대적 고급 호텔과 다양한 호텔들이 들어서면서
세계적으로 유명한 관광도시가 되었다

바닷가에는
하얀 백사장과 야자나무 군락, 산호들이 많으며
정글은 1년 내내 우기가 없는 곳이다
호텔이 350개나 있다니
얼마나 많은 사람이 찾아오는지 짐작이 안 간다

카리브 해변 칸쿤 2

칸쿤의 옛 지명은 1843년 기록에 따르면
"무지개가 끝나는 곳에 있는 배"라는 뜻의
마야어인 칸쿤네에서 유래되었다

국제적인 휴양도시인 칸쿤은
해변의 야자수 잎이 바람에 휘날리고
하늘에 떠 있는 구름 한 점 한 점이
화가가 물감을 칠해놓은 그림 같다

칸쿤은 전 세계인이 찾아오는 휴양도시로
달콤한 꿈을 꾸기를 원하는 신혼부부와
휴식을 원하는 사람들이 찾아온다

현대인의 고단한 삶에 휴식을 안겨주고
각 나라의 음식을 마음껏 먹을 수 있는 곳이다
멋진 남녀들이 수영복 차림으로
태양의 열기를 온몸에 받으며 즐기고 있다

2박을 머무는 동안
여행의 막바지에 휴식을 취할 수 있어서
참으로 좋았다
칸쿤은 다시 한번 가고 싶은 곳이다

마야 유적지

1200년 전에 만들어진 마야 문명 치첸이트사
이곳이 신전이란 말인가
그 옛날 먹고 살기도 힘들었던 시절에
이 엄청난 건물을 신을 위해 지었단 말인가
얼마나 많은 사람이 생고생을 했을까

세계 7대 불가사의 중 하나인
마야 문명의 치첸이트사에는
수많은 커다란 피라미드가 눈앞에 있다
위대한 유물이라기보다 있지 말았어야 할 유물이다

치첸이트사는 멕시코 마야인들의
놀라운 천문학적 능력을 보여주는 곳이다
돌덩이 사이의 쿠쿨칸 피라미드가
매우 인상적이다

신에게 바칠 사람을 뽑는
165미터에 달하는 경기장이 있고
곳곳에 피라미드가 서 있다
건물의 웅장함에 찬사를 보내기보다
가슴이 아프고 시렸다

지구라트는 30미터의 높이로

마야인들의 뛰어난 수학적 건축 공법을 보여주듯이
각각 사면에 91개의 계단이 세워져 있다
계단 4개를 더하고 꼭대기 한 층을 더하면
1년 365일을 표현하는 365개의 계단이 된다

피라미드 신전 앞에서 박수를 치면
뱀이 우는 소리가 난다
참으로 신기하고 괴기스러운 일이다

잘못된 지도자들이
커다란 종교 행사를 치르기 위하여
해의 신전, 달의 신전, 비의 신전을 지으며
뱀을 섬겼다

예전이나 지금이나
권력자를 잘못 만나면 민중은
늘 고달프고 괴로운 삶을 살아가야 한다

여행의 즐거움

여행은 매우 즐거운 일이다
새로운 사람들을 만나 그들을 알아가는 것이다
새로운 나라 새로운 도시를 만나
서로의 마음을 호흡하는 것이다

쌓였던 피로를 풀고
침체되었던 마음을 살려내고
꿈과 희망을 되찾아
삶에 활기를 불어넣는 것이다

여행은 신나는 일이며
눈으로 보고 귀로 듣고 마음으로 새기며
모든 이야기를 추억으로 남겨놓는 작업이다

결국에는 빈손의 삶인 것을 알기에
아주 충만한 마음을 갖기 위하여
훌쩍 떠나 놓아주고 내버려 두는 것도 좋다

늘 틀 안에서 배회하며 살기에
가끔씩은 새로운 것들이
그리워지는 갈증이 생길 때
익숙한 것에서 떠나 낯선 곳으로 가고 싶다

여행을 할 때 마음을 놓으면
삶이 아주 편안해지고 치유되고 변화된다

여행을 정하고 일하면 더 열심히 하게 되는 것은
삶에 목적이 분명하기 때문이다
여행을 하면 할수록 전에 느꼈던 것보다
더 큰 행복감을 느낄 수 있다
여행은 여행하는 기쁨과 감동 속에
사려 깊은 통찰과 함께 믿음의 영감을
다시 한번 갖게 해준다

여행이란 자신 스스로 움직여야 시작된다
여행이란 생각에서 그려지고
발걸음을 옮길 때 시작된다

여행의 끝

여행을 한다는 것은
아주 멋진 발상이고 행복한 행동의 시작이다
시작이 있으면 꼭 끝이 있다

여행은 가고 싶은 곳이
정해지면 떠나는 것이다
가고 싶은 곳이 발목을 당기면
주저하지 않고 떠나는 것이다

삶이란 머무르지 못하고
늘 떠나야 하는 것이기에
버스 정류장처럼 휴식이 필요하다

여행이라는 통로를 통해
세상을 새롭게 바라볼 수 있는
기회를 갖는 것도 자신의 노력의 결과다

어쩌면 다시는 못 볼 아름다운 풍경과
여행한 나라의 선조들이 남긴 유적과
오늘을 사는 사람들의 도시를 바라보며
새로운 것을 많이 느끼게 된다

여행의 끝이 다가오면

내가 살던 곳이 더욱더 그리워진다
이제는 마음의 끈을 졸라매고
더 열심히 살아야겠다

여행의 본능이 솟구쳐 그리움이 몰려오면
후회 없이 다시 떠날 수 있도록
뜨거운 열정으로 살아야겠다
또다시 즐겁고 기대되는 여행을 떠나기 위하여
더 열심히 살아야겠다